LA PRUDE,

OU

LA GARDEUSE

DE CASSETTE,

COMÉDIE EN CINQ ACTES,

EN VERS DE DIX SYLLABES,

PAR Mr. AROUET DE VOLTAIRE.

A PARIS,

PAR LA COMPAGNIE DES LIBRAIRES.

M. DCC. LXII.

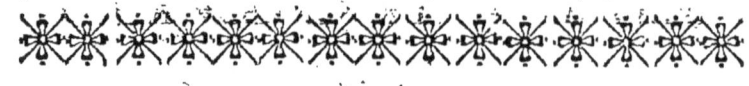

ACTEURS.

Mme. DORFISE , veuve.

Mme. BURLET , fa coufine.

COLLETTE , fuivante de Dorfife.

BLANFORD , Capitaine de Vaiffeau.

DARMIN , fon ami.

BARTOLIN , Caiffier.

LE CHEVALIER MONDOR.

ADINE , niece de Darmin , déguifée en jeune Grec.

La Scène eft à Marfeille.

LA PRUDE,

OU

LA GARDEUSE

DE CASSETTE,

COMÉDIE.

ACTE PREMIER.

SCENE PREMIERE.

DARMIN, ADINE.

ADINE, *habillée en Turc.*

H, mon cher oncle ! ah, quel triste voyage !
Que de dangers ! quel étrange équipage !
Il faut encor cacher, sous un Turban,
Mon nom, mon cœur, mon sexe & mon
tourment.

DARMIN.

Nous arrivons : je te plains ; mais, ma niece,
Lorsque ton pere est mort Consul en Grece,

4 LA PRUDE,
Quand nous étions tous deux, après sa mort,
Privés d'amis, de biens & de support,
Que ta beauté, tes graces, ton jeune âge,
N'étoient pour toi qu'un funeste avantage;
Pour comble enfin, quand un maudit Pacha
Si vivement de toi s'amouracha,
Que faire alors? Ne fus-tu pas réduite
A te cacher, te masquer, partir vîte?

ADINE.

D'autres dangers sont préparés pour moi.

DARMIN.

Ne rougis point, ma niece, calme-toi;
Car à la hâte avec nous embarquée,
Vêtue en homme, en jeune Turc masquée,
Tu ne pouvois, ma niece, honnêtement
Te dépétrer de cet accoutrement,
Prendre du sexe & l'habit & la mine,
Devant les yeux de vingt Gardes-marine,
Qui tous étoient plus dangereux pour toi,
Qu'un vieux Pacha, n'ayant ni foi ni loi.
Mais par bonheur, tout s'arrange à merveille,
Et nous voici débarqués dans Marseille,
Loin des Pachas, & près de tes parens,
Chez des Français, tous fort honnêtes gens.

ADINE.

Ah! Blanford est honnête homme, sans doute;
Mais que de maux tant de vertu me coûte!
Falloit-il donc avec lui revenir?

DARMIN.

Ton défunt pere à lui devoit t'unir;
Et cet hymen, dans ta plus tendre enfance,
Fit autrefois sa plus tendre espérance.

ADINE.

Qu'il se trompoit!

DARMIN.

Blanford, à tes beaux yeux,
Rendra justice en te connoissant mieux.
Peut-il long-tems se coëffer d'une prude,
Qui, de tromper, fait son unique étude?

ADINE.

On la dit belle, il l'aimera toujours ;
Il est constant.

DARMIN.

Bon ! qui l'est en amour ?

ADINE.

Je crains Dorsise.

DARMIN.

Elle est trop intriguante.
Sa pruderie est, dit-on, trop galante ;
Son cœur est faux, ses propos médisans ;
Ne crains rien d'elle, on ne trompe qu'un tems.

ADINE.

Ce tems est long, ce tems me désespere.
Dorsise trompe ! & Dorsise a sçu plaire !

DARMIN.

Mais après tout, Blanford t'est-il si cher ?

ADINE.

Oui ; dès ce jour, où deux vaisseaux d'Alger
Si vivement sur les flots l'attaquerent,
Ah, que pour lui tous mes sens se troublerent !
Dans mes frayeurs, un sentiment bien doux
M'intéressoit pour lui comme pour vous ;
Et courageuse, en devenant si tendre,
Je souhaitois être homme, & le défendre.
Songez-vous bien que lui seul me sauva,
Quand, sur les eaux, notre vaisseau brûla ?
Ciel ! que j'aimai ses vertus, son courage,
Qui, dans mon cœur, ont gravé son image !

DARMIN.

Oui ; je conçois qu'un cœur reconnoissant,
Pour la vertu peut avoir du penchant.
Trente ans à peine, une taille légere,
Beaux yeux, air noble, oui, sa vertu peut plaire ;
Mais son humeur & son austérité
Ont-ils pu plaire à ta simplicité ?

ADINE.

Mon caractere est férieux, & j'aime
Peut-être en lui jusqu'à mes défauts même.

DARMIN.

Il hait le monde.

ADINE.

Il a , dit-on , raison.

DARMIN.

Il est souvent trop confiant , trop bon ,
Et son humeur gâte encor sa franchise.

ADINE.

De ses défauts le plus grand , c'est Dorsise.

DARMIN.

Il est trop vrai. Pourquoi donc refuser
D'ouvrir ses yeux , de les désabuser ,
Et de briller dans ton vrai caractere ?

ADINE.

Peut-on briller lorsqu'on ne sçauroit plaire ?
Hélas ! du jour que , par un sort heureux ,
Dessus son bord il nous reçut tous deux ,
J'ai bien tremblé qu'il n'apperçût ma feinte ;
En arrivant, je sens la même crainte.

DARMIN.

Je prétendois te découvrir à lui.

ADINE.

Gardez-vous en. Ménagez mon ennui ;
Sacrifiée à Dorsise adorée ,
Dans mon malheur , je veux être ignorée ;
Je ne veux pas qu'il connoisse en ce jour
Quelle victime il immole à l'amour.

DARMIN.

Que veux-tu donc ?

ADINE.

Je veux , dès ce soir même,
Dans un Couvent fuir un ingrat que j'aime.

DARMIN.

Lorsque si vîte on se met en Couvent ,
Tout à loisir , ma niece , on s'en repent.
Avec le tems , tout se fera , te dis-je ;
Un soin plus triste à présent nous afflige ;
Car dans l'instant où ce du Gué (*) nouveau

(*) *Allusion au célebre du Gué-Trouin, l'un des grands
hommes de mer qu'ait eu la France.*

Si noblement fit fauter fon vaiffeau ,
Je vis fauter fes biens & ma fortune ;
A tous les deux la mifere eft commune.
Et cependant à Marfeille arrivés ,
Remplis d'efpoir, d'argent comptant privés ,
Il faut chercher un fecours néceffaire.
L'amour n'eft pas toujours la feule affaire.

ADINE.

Quoi ! lorfqu'on aime , on pourroit faire mieux ?
Je n'en crois rien.

DARMIN.

Le tems ouvre les yeux.
L'amour , ma niece , eft aveugle à ton âge,
Non pas au mien ; l'amour fans héritage,
Trifte & confus , n'a pas l'art de charmer,
Il n'appartient qu'aux gens heureux d'aimer.

ADINE.

Vous penfez donc que , dans votre détreffe ,
Pour vous , mon oncle , il n'eft plus de maîtreffe ;
Et que d'abord votre veuve Burlet ,
En vous voyant, vous quittera tout net ?

DARMIN.

Mon trifte état lui ferviroit d'excufe.
Souvent , hélas ! c'eft ainfi qu'on en ufe ;
Mais d'autres foins je fuis embarraffé ;
L'argent me manque , & c'eft le plus preffé.

SCENE II.

BLANFORD , DARMIN , ADINE.

BLANFORD.

BOn, de l'argent ! dans le fiècle où nous fommes ,
C'eft bien cela que l'on obtient des hommes.
Vive embraffade , & fades complimens ,
Propos joyeux , vains baifers , faux fermens ,
J'en ai reçu de cette Ville entiere ;
Mais auffi-tôt qu'on a fçu ma mifere,
D'auprès de moi la foule a difparu ;

Voilà le monde.

DARMIN.

Il eſt très-corrompu ;
Mais vos amis vous ont cherché peut-être ?

BLANFORD.

Oui, des ámis ! én as-tu pu connoître ?
J'en ai cherché ; j'ai vu force frippons,
De tous les rangs, de toutes les façons,
D'honnêtes gens, dont la molle indolence
Tranquillement nage dans l'opulence,
Blâſés en tout, auſſi durs que polis,
Toujours hors d'eux, ou d'eux ſeuls tous remplis :
Mais des cœurs droits, des ames élevées,
Que les deſtins n'ont jamais captivées,
Et qui ſe font un plaiſir généreux,
De rechercher un ami malheureux,
J'en connois peu ; par-tout le vice abonde.
Un coffre fort eſt le Dieu de ce monde ;
Et je voudrois, qu'ainſi que mon vaiſſeau,
Le genre humain fût abîmé dans l'eau.

DARMIN.

Exceptez-nous du moins de la ſentence.

ADINE.

Le monde eſt faux, je le crois ; mais je penſe,
Qu'il eſt encor un cœur digne de vous,
Fier, mais ſenſible, & ferme, quoique doux ;
De vos deſtins bravant l'indigne outrage,
Vous en aimant, s'il ſe peut, davantage ;
Tendre en ſes vœux, & conſtant dans ſa foi.

BLANFORD.

Le beau préſent, où le trouver ?

ADINE.

Dans moi.

BLANFORD.

Dans vous ! allez, jeune homme que vous êtes,
Suis-je en état d'entendre vos ſornettes ?
Pour plaiſanter, prenez mieux votre tems.
Oui, dans ce monde, & parmi les méchans,
Je ſçais qu'il eſt encor des ames pures,
Qui chériront mes triſtes aventures.

Je

Je fuis heureux dans mon fort abattu ;
Dorfife au moins fçait aimer la vertu.

ADINE.

Ainfi , Monfieur , c'eft de cette Dorfife
Que pour toujours je vois votre ame éprife ?

BLANFORD.

Affurément.

ADINE.

Et vous avez trouvé
En fa conduite un mérite éprouvé ?

BLANFORD.

Oui.

DARMIN.

Feu mon frere, avant d'aller en Grece ,
S'il m'en fouvient, vous deftinoit ma niece.

BLANFORD.

Feu votre frere a très-mal deftiné ;
J'ai mieux choifi ; je fuis déterminé
Pour la vertu , qui , du monde exilée ,
Chez ma Dorfife eft ici rappellée.

ADINE.

Un tel mérite eft rare ; il me furprend ;
Mais fon bonheur me femble encor plus grand.

BLANFORD.

Ce jeune enfant a du bon ; & je l'aime ;
Il prend parti pour moi contre vous-même.

DARMIN.

Pas tant, peut-être. Après tout , dites-moi ,
Comment Dorfife, avec fa bonne foi,
Avec ce goût , qui pour vous feul l'attire ,
Depuis un an ceffa de vous écrire ?

BLANFORD.

Voudriez-vous qu'on m'écrivît par l'air ,
Et que la pofte allât en pleine mer ?
Avant ce tems , j'ai vingt fois reçu d'elle
De gros paquets , mais écrits d'un modele ,....
D'un air fi vrai, d'un efprit fi fenfé ;....
Rien d'affecté , d'obfcur , d'embarraffé ;
Point d'efprit faux ; la nature elle-même,
Le cœur y parle , & voilà comme on aime.

B

DARMIN, à *Adine.*

Vous pâliffez.

BLANFORD, *avec empreffement à Adine.*
Qu'avez-vous?

ADINE.
Moi, Monfieur?
Un mal cruel qui me perce le cœur.

BLANFORD, à *Darmin.*
Le cœur! quel ton! une fiile à fon âge
Seroit plus forte, auroit plus de courage.
Je l'aime fort; mais je fuis étonné
Qu'à cet excès il foit efféminé.
Etoit-il fait pour un pareil voyage?
Il craint la mer, les ennemis, l'orage.
Je l'ai trouvé près d'un miroir affis;
Il étoit né pour aller à Paris,
Nous étaler, fur les bancs du Théatre,
Son beau minois, dont il eft idolâtre.
C'eft un Narciffe.

DARMIN.
Il en a la beauté.

BLANFORD.
Oui; mais il faut en fuir la vanité.

ADINE.
Ne craignez rien, ce n'eft pas moi que j'aime.
Je fuis plus près de me haïr moi-même;
Je n'aime rien qui me reffemble.

BLANFORD.
Enfin
C'eft à Dorfife à régler mon deftin.
Bien convaincu de fa haute fageffe,
De l'époufer je lui paffai promeffe,
Je lui laiffai mon bien même en partant,
Joyaux, billets, contrats, argent comptant.
J'ai, grace au Ciel, par ma jufte franchife,
Confié tout à ma chere Dorfife;
J'ai confié Dorfife, & fon deftin,
A la vertu de Monfieur Bartolin.

DARMIN.
De Bartolin, le Caiffier?

BLANFORD.

De lui-même.

D'un bon ami, qui me chérit, que j'aime.

DARMIN, *d'un ton ironique.*

Ah ! vous avez fans doute bien choifi ;
Toujours heureux en maîtreffe, en ami,
Point prévenu.

BLANFORD.

Sans doute, & leur abfence
Me fait ici fécher d'impatience.

ADINE.

Je n'en peux plus, je fors.

BLANFORD.

Mais qu'avez-vous ?

ADINE.

De fes malheurs chacun reffent les coups.
Les miens font grands ; leurs traits s'appefantiffent ;
Ils cefferont.... fi les vôtres finiffent. (*Elle fort.*)

BLANFORD.

Je ne fçais.... mais fon chagrin m'a touché.

DARMIN.

Il eft aimable, il vous eft attaché.

BLANFORD.

J'ai le cœur bon ; & la moindre fortune
Qui me viendra, fera pour lui commune.
Dès que Dorfife, avec fa bonne foi,
M'aura remis l'argent qu'elle a de moi,
J'en ferai part à votre jeune Adine.
Je lui voudrois la voix moins féminine,
Un air plus fait ; mais les foins & le tems
Forment le cœur, & l'air des jeunes gens :
Il a des mœurs, il eft modefte, fage ;
J'ai remarqué toujours, dans le voyage,
Qu'il rougiffoit aux propos indécens
Que, fur mon bord, tenoient nos jeunes gens ;
Je vous promets de lui fervir de pere.

DARMIN.

Ce n'eft pas là pourtant ce qu'il efpere.
Mais allons donc chez Dorfife à l'inftant,
Et recevez d'elle au moins votre argent.

BLANFORD.

Bon ! le démon, qui toujours m'accompagne,
La fait rester encore à la campagne.

DARMIN.

Et le Caissier ?

BLANFORD.

Et le Caissier aussi.
Tous deux viendront, puisque je suis ici.

DARMIN.

Vous pensez donc que Madame Dorsise
Vous est toujours très-humblement soumise ?

BLANFORD.

Et pourquoi non ? Si je garde ma foi,
Elle peut bien en faire autant pour moi.
Je n'ai pas eu, comme vous, la folie
De courtiser une franche étourdie.

DARMIN.

Il se pourra que j'en sois méprisé,
Et c'est à quoi tout homme est exposé.
Et j'avouerai qu'en son humeur badine,
Elle est bien loin de sa sage cousine.

BLANFORD.

Mais de son cœur ainsi désemparé,
Que ferez-vous ?

DARMIN.

Moi, rien ; je me tairai,
En attendant qu'à Marseille se rendent
Les deux beautés de qui nos cœurs dépendent.
Fort à propos je vois venir vers nous
L'ami Mondor.

BLANFORD.

Notre ami, dites-vous ?
Lui, notre ami ?

DARMIN.

Sa tête est fort légere ;
Mais, dans le fonds, c'est un bon caractere.

BLANFORD.

Détrompez-vous, cher Darmin ; soyez sûr
Que l'amitié veut un esprit plus mûr ;
Allez, les fous n'aiment rien.

DARMIN.

Mais le fage
Aime-t-il tant ?... Tirons quelque avantage
De ce fou-ci. Dans notre cas urgent ,
On peut fans honte emprunter fon argent.

SCENE III.

BLANFORD, DARMIN, LE CHEVALIER MONDOR.

LE CHEVALIER.

BOn jour, très-chers; vous voilà donc en vie ?
C'eft fort bien fait, j'en ai l'ame ravie.
Bon jour. Dis-moi, quel eft ce bel enfant,
Que j'ai vu là dans cet appartement ?
D'où vous vient-il ? Etoit-il du voyage ?
Eft-il Grec, Turc ? Eft-il ton fils, ton page?
Qu'en faites-vous ? Où foupez-vous ce foir ?
A quels appas jettez-vous le mouchoir ?
N'allez-vous pas vîte en pofte à Verfailles,
Faire aux Commis des récits de batailles ?
Dans ce pays , avez-vous un patron?

BLANFORD.

Non.

LE CHEVALIER.

Quoi ! tu n'as jamais fait ta cour ?

BLANFORD.

Non.

J'ai fait ma cour fur mer ; & mes fervices
Sont mes patrons , font mes feuls artifices ;
Dans l'antichambre on ne m'a jamais vu.

LE CHEVALIER.

Tu n'as auffi jamais rien obtenu.

BLANFORD.

Rien demandé. J'attends que l'œil du Maître
Sçache, en fon tems , tout voir , tout reconnoître.

LE CHEVALIER.

Va, dans fon tems, ces nobles fentimens

A l'hôpital menent tout droit les gens.

DARMIN.

Nous en sommes fort près, & notre gloire
N'a pas le sou.

LE CHEVALIER.

Je suis prêt à t'en croire.

DARMIN.

Cher Chevalier, il te faut avouer....

LE CHEVALIER.

En quatre mots je dois vous confier....,

DARMIN.

Que notre ami vient de faire une perte.

LE CHEVALIER.

Que j'ai, mon cher, fait une découverte.

DARMIN.

De tout le bien....

LE CHEVALIER.

D'une honnête beauté,....

DARMIN.

Que sur la mer....

LE CHEVALIER.

A qui, sans vanité....

DARMIN.

Il rapportoit....

LE CHEVALIER.

Après bien du myſtere....

DARMIN.

Dans son vaiſſeau.

LE CHEVALIER.

J'ai le bonheur de plaire.

DARMIN.

C'eſt un malheur.

LE CHEVALIER.

C'eſt un plaiſir bien vif
De ſubjuguer ce ſcrupule exceſſif,
Cette pudeur, & ſi fiere, & ſi pure,
Ce précepteur, qui gronde la Nature;
J'avois du goût pour la Dame Burlet,
Pour ſa gaieté, ſon air bruſque & follet;
Mais c'eſt un goût plus léger qu'elle-même.

DARMIN.

J'en suis ravi.

LE CHEVALIER.

C'eſt la prude que j'aime.
Encouragé par la difficulté ,
J'ai préſenté la pomme à la fierté.

DARMIN.

La prude enfin, dont votre ame eſt épriſe ,
Cette beauté ſi fiere ?

LE CHEVALIER.

C'eſt Dorfiſe.

BLANFORD , *en riant.*

Dorfiſe.... ah.... bon. Sçais-tu bien devant qui
Tu parles-là ?

LE CHEVALIER.

Devant toi , mon ami.

BLANFORD.

Va , j'ai pitié de ton extravagance.
Cette beauté n'aura plus l'indulgence ,
Je t'en réponds, de recevoir chez ſoi
Des Chevaliers éventés comme toi.

LE CHEVALIER.

Si fait, mon cher : la femme la moins folle
Ne ſe plaint point lorſqu'un fou la cajolle.

BLANFORD.

Cajollez moins, mon très-cher; apprenez
Qu'à ſes vertus mes jours ſont deſtinés ,
Qu'elle eſt à moi; que ſa juſte tendreſſe,
De m'épouſer , m'avoit paſſé promeſſe ,
Qu'elle m'attend pour m'unir à ſon ſort.

LE CHEVALIER , *en riant.*

Le beau billet qu'a là l'ami Blanford !
  (*à Darmin.*)
Il a , dis-tu, beſoin, dans ſa détreſſe ,
D'autres billets payables en eſpece.
Tiens, cher Darmin.
      (*Il veut lui donner un Porte-feuille.*)

BLANFORD , *l'arrêtant.*

Non ; gardez-vous en bien.

DARMIN.

Quoi ! vous voulez ?

BLANFORD.

De lui je ne veux rien.
Quand d'emprunter on fait la grace infigne,
C'eft à quelqu'un qu'on daigne en croire digne ;
C'eft d'un ami qu'on emprunte l'argent.

LE CHEVALIER.

Ne fuis-je pas ton ami ?

BLANFORD.

Non, vraiment.
Plaifant ami, dont la frivole flamme,
S'il fe pouvoit, m'enleveroit ma femme ;
Qui dès ce foir, avec vingt fainéans,
Va s'égayer à table à mes dépens ;
Je les connois, ces beaux amis du monde.

LE CHEVALIER.

Ce monde là, que ton rare efprit fronde,
Crois-moi, vaut mieux que ta mauvaife humeur :
Adieu. Je vais, du meilleur de mon cœur,
Dans le moment chez la belle Dorfife,
Aux grands éclats rire de ta fottife.

(*Il veut s'en aller.*)

BLANFORD, *l'arrêtant.*

Que dis-tu là, mon cher Darmin ? Comment ?
Elle eft ici, Dorfife ?

LE CHEVALIER.

Affurément.

BLANFORD.

O jufte Ciel !

LE CHEVALIER.

Hé bien, quelle merveille ?

BLANFORD.

Dans fa maifon ?

LE CHEVALIER.

Oui, te dis-je, à Marfeille.
Je l'ai trouvée à l'inftant qui rentroit,
Et qui des champs avec hâte accouroit.

BLANFORD *à part.*

Pour me revoir ! ô Ciel ! je te rends grace ;

A ce seul trait, tout mon malheur s'efface.
Entrons chez elle.

LE CHEVALIER.

Entrons, c'est fort bien dit ;
Car plus on est de fous, & plus on rit.

BLANFORD. (*Il va à la porte.*)

Heurtons.

LE CHEVALIER.

Frappons.

COLLETTE , *en dedans de la maison.*

Qui va là ?

BLANFORD.

Moi.

LE CHEVALIER.

Moi-même.

SCENE IV.

BLANFORD, DARMIN, COLLETTE, LE CHEVALIER MONDOR.

COLLETTE , *fortant de la maison.*

BLanford ! Darmin ! quelle surprise extrême !
Monsieur !

BLANFORD.

Collette !

COLLETTE.

Hélas ! je vous ai cru
Noyé cent fois. Soyez le bien venu !

BLANFORD.

Le juste Ciel, propice à ma tendresse ,
M'a conservé pour revoir ta maîtresse.

COLLETTE.

Elle sortoit tout à l'instant d'ici.

DARMIN.

Et sa cousine ?

COLLETTE.

Et sa cousine aussi.

C

BLANFORD.

Eh! mais, de grace, où donc eft-elle allée?
Où la trouver?

COLLETTE, *faifant une révérence de prude.*
Elle eft à l'affemblée.

BLANFORD.

Quelle affemblée?

COLLETTE.

Eh! vous ne fçavez rien?
Apprenez donc que vingt femmes de bien
Sont dans Marfeille étroitement unies,
Pour corriger nos jeunes étourdies,
Pour réformer tout le train d'aujourd'hui,
Mettre à fa place un noble & digne ennui,
Et hautement, par de fages cabales,
De leur prochain réprimer les fcandales;
Et Dorfife eft en tête du parti.

BLANFORD, *à Darmin.*

Mais comment donc un fi grand étourdi
Eft-il fouffert d'une beauté févere?

DARMIN.

Chez une prude, un étourdi peut plaire.

BLANFORD.

De l'affemblée, où va-t-elle?

COLLETTE.

On ne fçait:
Faire du bien fourdement.

BLANFORD.

En fecret!
C'eft là le comble. Eh! puis-je en fa demeure,
Pour lui parler, avoir auffi mon heure?

LE CHEVALIER.

Va, c'eft à moi qu'il le faut demander;
Sans rifquer rien, je peux te l'accorder.
Tu la verras tout comme à l'ordinaire.

BLANFORD.

Refpectez-la; c'eft ce qu'il vous faut faire,
Et gardez-vous de la défapprouver.

DARMIN.

Et fa coufine, où peut-on la trouver?

On m'avoit dit qu'elles vivoient enſemble.
COLLETTE.
Oui , mais leur goût rarement les aſſemble ;
Et la couſine , avec dix jeunes gens,
Et dix beautés , ſe donne du bon tems ;
Et d'une table , & propre , & bien ſervie ,
Preſque toujours vole à la Comédie.
Enſuite on danſe , ou l'on ſe met au jeu ;
Toujours chez elle , & grand chere , & beau feu ;
De longs ſoupers , & des chanſons nouvelles,
Et des bons mots, encor plus plaiſans qu'elles ;
Glaces , liqueurs , vins vieux , gris , rouges , blancs ,
Amas nouveau de boëtes , de rubans ,
Magots de Saxe , & riches bagatelles,
Qu'Hébert (*) invente à Paris pour les belles ;
Le jour , la nuit , cent plaiſirs renaiſſans ,
Et de médire à peine a-t-on le tems.
LE CHEVALIER.
Oui , notre ami , c'eſt ainſi qu'il faut vivre.
DARMIN.
Mais pour la voir, où faudra-t-il la ſuivre ?
COLLETTE.
Par-tout, Monſieur. Car du matin au ſoir ,
Dès qu'elle ſort, elle court, veut tout voir.
Il lui faudroit que le Ciel par miracle ,
Exprès pour elle , aſſemblât un ſpectacle ;
Jeu, bal, toilette , & muſique & ſoupé ,
Son cœur toujours eſt de tout occupé.
Vous la verrez , & ſa joyeuſe troupé ,
Fort tard chez elle , & vers l'heure où l'on ſoupe.
BLANFORD.
Si vous l'aimez , après ce que j'entends ,
Moins qu'elle encor vous avez de bon ſens.
Peut-on chérir ce bruyant aſſemblage,
De tous les goûts, qu'eut le ſexe en partage ?
Il vous ſied bien , dans vos triſtes ſoupirs ,
De ſuivre en pleurs le char de ſes plaiſirs ,
Et d'étaler les regrets d'une dupe ,

(*) *Fameux Marchand de curioſités.*

Qu'un fol amour dans fa mifere occupe.

DARMIN.

Je crois encor, duffai-je être en erreur,
Qu'on peut unir les plaifirs & l'honneur.
Je crois auffi, foit dit fans vous déplaire,
Que femme prude, en fa vertu févere,
Peut, en public, faire beaucoup de bien ;
Mais en fecret fouvent ne valoir rien.

BLANFORD.

Hé bien, tantôt nous viendrons l'un & l'autre,
Et vous verrez mon choix, & moi le vôtre.

LE CHEVALIER.

Oui ; revenez, & vous verrez, ma foi,
La place prife.

BLANFORD.

Et par qui donc ?

LE CHEVALIER.

Par moi.

BLANFORD.

Par toi ?

LE CHEVALIER.

J'ai mis à profit ton abfence,
Et je n'ai pas à craindre ta préfence.
Va, tu verras.... Adieu.

SCENE V.

BLANFORD, DARMIN.

BLANFORD.

ÇA, penfez-vous
Que d'un tel homme on puiffe être jaloux ?

DARMIN.

Le ridicule, & la bonne fortune,
Vont bien enfemble, & la chofe eft commune.

BLANFORD.

Quoi ! vous penfez ?....

DARMIN.

Oûi, ces femmes de bien
Aiment par fois les grands diseurs de rien.
Mais permettez que j'aille un peu moi-même
Chercher mon sort, & sçavoir si l'on m'aime.

(*Il sort.*)

SCENE VI.

BLANFORD *seul.*

Oûi, hâtez-vous d'être congédié.
Hom ! le pauvre homme ! il me fait grand pitié.
Que je te loue, ô destin favorable,
Qui me fais prendre une femme estimable !
Que, dans mes maux, je bénis mon retour !
Que ma raison augmente mon amour !
Oh ! je fuirai, je l'ai mis dans ma tête,
Le monde entier pour une femme honnête.
C'est trop long-tems courir, craindre, espérer.
Voilà le port où je veux demeurer.
Près d'un tel bien, qu'est-ce que tout le reste ?
Le monde est fou, ridicule, ou funeste ;
Ai-je grand tort d'en être l'ennemi ?
Non, dans ce monde il n'est pas un ami.
Personne au fonds à nous ne s'intéresse.
On est aimé, mais c'est de sa maîtresse.
Tout le secret est de sçavoir choisir.
Une coquette est un vrai monstre à fuir ;
Mais une femme, & tendre, & belle, & sage,
De la nature est le plus digne ouvrage.

Fin du premier Acte.

ACTE II.

SCENE PREMIERE.

DORFISE, Mme. BURLET , LE CHEVALIER
MONDOR.

DORFISE.

ADouciffez, Monfieur le Chevalier,
De vos difcours l'excès trop familier.
La pureté de mes chaftes oreilles
Ne peut fouffrir de libertés pareilles.

LE CHEVALIER, *en riant.*

Vous les aimez pourtant ces libertés ;
Vous me grondez, mais vous les écoutez ;
Et vous n'avez, comme je puis comprendre,
Cheveux fi courts, que pour les mieux entendre.

DORFISE.

Encor ?

Mme. BURLET.

Hé bien , je fuis de fon côté ;
Vous affectez trop de féverité.
La liberté n'eft pas toujours licence.
On peut , je crois, entendre avec décence ;
De la gaieté les innocens éclats ,
Ou bien fembler ne les entendre pas.
Votre vertu toujours un peu farouche,
Veut nous fermer , & l'oreille, & la bouche.

DORFISE.

Oui , l'une & l'autre ; & fermez, croyez-moi,
Votre maifon à tous ceux que j'y voi.
Je vous l'ai dit , ils vous perdront , coufine ;
Comment fouffrir leur troupe libertine ?
Le beau Cléon, qui brillant fans efprit ,
Rit des bons mots qu'il prétend avoir dit ;

Damon qui fait, pour vingt beautés qu'il aime,
Vingt Madrigaux plus fades que lui-même ;
Et ce Robin parlant toujours de lui ;
Et ce pédant portant par-tout l'ennui ;
Et mon coufin , qui....

LE CHEVALIER.

C'en eft trop, Madame,
Chacun fon tour , & fi votre belle ame
Parle du monde avec tant de bonté ,
J'aurai du moins autant de charité.
Je veux ici vous tracer de mon ftyle ,
En quatre mots , un portrait de la Ville ,
A commencer par....

DORFISE.

Ah ! n'en faites rien ;
Il n'appartient qu'aux perfonnes de bien ,
De châtier, de gourmander le vice.
C'eft à mes yeux une horrible injuftice,
Qu'un libertin fatyrife aujourd'hui
D'autres mondains, moins vicieux que lui..
Lorfque j'en veux à l'humaine nature ,
C'eft zèle, honneur, & vertu toute pure,
Dégoût du monde. Ah, Dieu ! que je le hais
Ce monde infâme !

Mme. BURLET.

Il a quelques attraits.

DORFISE.

Pour vous, hélas ! & pour votre ruine.

Mme. BURLET.

N'en a-t-il point un peu pour vous , coufine?
Haïffez-vous ce monde ?

DORFISE.

Horriblement.

LE CHEVALIER.

Tous les plaifirs ?

DORFISE.

Epouvantablement.

Mme. BURLET.

Le jeu , le bal ?

LA PRUDE,

LE CHEVALIER.

La mufique , la table ?

DORFISE.

Ce font , ma chere , inventions du Diable.

Mme. BURLET.

Mais la parure & les ajuftemens ,
Vous m'avouerez....

DORFISE.

Ah ! quels vains ornemens !
Si vous fçaviez à quel point je regrette
Tous les inftans perdus à ma toilette !
Je fuis toujours le plaifir de me voir ;
Mon œil bleffé craint l'afpect d'un miroir.

Mme. BURLET.

Mais cependant, ma févere Dorfife ,
Vous me femblez bien coïffée & bien mife.

DORFISE.

Bien ?

LE CHEVALIER.

Du grand bien.

DORFISE.

Avec fimplicité.

LE CHEVALIER.

Mais avec goût.

Mme. BURLET.

Votre fage beauté ,
Quoi qu'elle en dife , eft fort aife de plaire.

DORFISE.

Moi ? Jufte Ciel !

Mme. BURLET.

Parle-moi fans myftere.
Je crois , ma foi, que ta févérité
A quelque goût pour ce jeune éventé.
Il n'eft pas mal fait.   (en montrant le Chevalier.)

LE CHEVALIER.

Ah !

Mme. BURLET.

C'eft un jeune homme ,
Fort beau , fort riche.

LE

COMEDIE.

LE CHEVALIER.
Ah !

DORFISE.
Ce difcours m'affomme.

Vous propofez l'abomination !
Un beau jeune homme eft mon averfion ;
Un beau jeune homme ! ah ! fi !

LE CHEVALIER.
Ma foi, Madame ;

Pour vous & moi, j'en fuis fâché dans l'ame.
Mais ce Blanford, qui revient fans vaiffeau,
Eft-il fi riche, & fi jeune, & fi beau ?

DORFISE.
Il eft ici ? Quoi ! Blanford ?

LE CHEVALIER.
Oui, fans doute ;

COLLETTE, *en entrant avec précipitation.*
Hélas ! je viens pour vous apprendre....

DORFISE, *à Collette à l'oreille.*
Ecoute.

Mme. BURLET.
Comment ?

DORFISE, *au Chevalier.*
Depuis qu'il prit de moi congé,
De fes défauts je l'ai cru corrigé ;
Je l'ai cru mort.

LE CHEVALIER.
Il vit ; & le Corfaire
Veut me couler à fond, & croit vous plaire.

DORFISE, *en fe retournant vers Collette.*
Collette, hélas !

COLLETTE.
Hélas !

DORFISE.
Ah ! Chevalier ;
Pourriez-vous point fur mer le renvoyer ?

LE CHEVALIER.
De tout mon cœur.

Mme. BURLET.
Sçait-on quelque nouvelle

D

De ce Darmin , fon ami fi fidelle ?
Viendra-t-il point ?

LE CHEVALIER.

Il eft venu ; Blanford
L'a racroché dans je ne fçais quel port.
Ils ont , fur mer , donné , je crois bataille ,
Et font ici n'ayant , ni fou , ni maille.
Mais avec lui , Blanford a ramené
Un petit Grec plus joli , mieux tourné....

DORFISE.

Eh! oui , vraiment. Je penfe tout à l'heure
Que je l'ai vu tout près de ma demeure ;
De grands yeux noirs ?

LE CHEVALIER.
Oui.

DORFISE.

Doux , tendres , touchans ?

Un teint de rofe ?

LE CHEVALIER.
Oui.

DORFISE, *en s'animant un peu plus.*

Des cheveux , des dents ,
L'air noble , fin ?

LE CHEVALIER.

C'eft une créature ,
Qu'à fon plaifir façonna la nature.

DORFISE.

S'il a des mœurs , s'il eft fage , bien né ,
Je veux par vous qu'il me foit amené....
Quoiqu'il foit jeune.

Mme. BURLET.

Et moi , je veux fur l'heure ,
Que de Darmin l'on cherche la demeure.
Allez , la Fleur , trouvez-le , & lui portez
Trois cens louis , que je crois bien comptés ;
  (*Elle donné une bourfe à la Fleur, qui eft derriere elle.*)
Et qu'à fouper Blanford & lui fe rendent.
Depuis long-tems tous nos amis l'attendent ,
Et moi plus qu'eux. Je n'ai jamais connu
De naturel plus doux , plus ingénu :

J'aime fur-tout fa complaifance aimable,
Et fa vertu liante & fociable.

DORFISE.

Hé bien, Blanford n'eft pas de cette humeur ;
Il eft fi férieux.

LE CHEVALIER.

Si plein d'aigreur.

DORFISE.

Oui, fi jaloux....

LE CHEVALIER, *interrompant brufquement*.

Cauftique.

DORFISE.

Il eft....

LE CHEVALIER.

Sans doute.

DORFISE.

Laiffez-moi donc parler : il eft....

LE CHEVALIER.

J'écoute.

DORFISE.

Il eft enfin fort dangereux pour moi.

Mme. BURLET.

On dit qu'il a très-bien fervi le Roi,
Qu'il s'eft, fur mer, diftingué dans la guerre.

DORFISE.

Oui ; mais qu'il eft incommode fur terre !

LE CHEVALIER.

Il eft encor....

DORFISE.

Oui.

LE CHEVALIER.

Ces marins d'ailleurs
Ont prefque tous de fi vilaines mœurs.

DORFISE.

Oui.

Mme. BURLET.

Mais on dit qu'autrefois vos promeffes,
De quelque efpoir ont flatté fes tendreffes ?

DORFISE.

Depuis ce tems j'ai, par excès d'ennui,

Quitté le monde , à commencer par lui.
Le monde & lui me rendent fi craintive....

S C E N E　II.

DORFISE, Mme. BURLET , LE CHEVALIER
MONDOR , COLLETTE.

COLLETTE.

M Adame.

CIDALISE.

Hé bien ?

COLLETTE.

Monfieur Blanford arrive.

DORFISE.

Ciel !

Mme. BURLET.

Darmin eft avec lui ?

COLLETTE.

Madame , oui.

Mme. BURLET.

J'en ai le cœur tout-à-fait réjoui.

DORFISE.

Et moi , je fens une douleur profonde ;
Je me retire , & je veux fuir le monde.

LE CHEVALIER.

Avec moi donc ?

DORFISE.

Non , s'il vous plaît , fans vous.

(*Elle fort.*)

SCENE III.

Mme. BURLET, BLANFORD, DARMIN, LE CHEVALIER MONDOR, ADINE.

DARMIN, *à Mme. Burlet.*

Madame, enfin, souffrez qu'à vos genoux....

Mme. BURLET, *courant au-devant de Darmin.*

Mon cher Darmin, venez, j'ai fait partie
D'aller au Bal après la Comédie ;
Nous causerons ; mon carrosse est là-bas.
(*à Blanford.*)
Et vous, Rigris, y viendrez-vous ?

BLANFORD.

Non pas.

Je viens ici pour chose sérieuse.
Allez, courez, troupe folle & joyeuse,
Faites semblant d'avoir bien du plaisir,
Fatiguez bien votre inquiet loisir.
(*Au jeune Adine.*)
Et nous, jeune homme, allons trouver Dorfise.
(*Mme. Burlet sort avec le Chevalier & Darmin, qui lui donnent chacun la main, & Blanford continue.*)

SCENE IV.

BLANFORD, ADINE, COLLETTE.

BLANFORD.

Voyons une ame au seul devoir soumise,
Qui pour moi seul, par un sage retour,
Renonce au monde en faveur de l'amour,
Et qui sçait joindre, à cette ardeur flatteuse,
Une vertu modeste & scrupuleuse.
Méritez bien de lui plaire.

ADINE.

Avec soin,

De fa vertu je veux être témoin ;
En la voyant, je peux beaucoup m'inftruire.

BLANFORD.

C'eft très-bien dit : je prétends vous conduire.
En vous voyant du monde abandonné ,
Je trouve un fils que le fort m'a donné.
Sans vous aimer, on ne peut vous connoître.
Vous êtes né trop flexible peut-être ;
Rien ne fera plus utile pour vous ,
Que de hanter un efprit fage & doux ,
Dont le commerce en votre ame affermiffe
L'honnêteté , l'amour & la juftice ,
Sans vous ôter certain charme flatteur ,
Que je fens bien qui manque à mon humeur.
Une beauté qui n'a rien de frivole ,
Eft pour votre âge une excellente école ;
L'efprit s'y forme : on y regle fon cœur ;
Sa maifon eft le temple de l'honneur.

ADINE.

Hé bien , allons avec vous dans ce temple ;
Mais je fuivrai bien mal fon rare exemple ,
Soyez-en fûr.

BLANFORD.

Eh ! pourquoi ?

ADINE.

J'aurois pu ,
Auprès de vous , mieux goûter la vertu ;
Quoique la forme en foit un peu févere ,
Le fonds m'en charme , & vous m'avez fçu plaire ;
Mais pour Dorfife....

BLANFORD, *en allant à la porte de Dorfife.*

Ah ! c'eft trop fe flatter ,
Que de vouloir tout d'un coup l'imiter ;
Mais croyez-moi , fi l'honneur vous domine ,
Voyez Dorfife , & fuyez fa coufine.   (*Il veut entrer.*)

COLLETTE, *fortant de la maifon, & refermant la porte. Il heurte.*

On n'entre point , Monfieur.

BLANFORD.

Moi !

COLLETTE.

Non.

BLANFORD.

Comment?

Moi refufé ?

COLLETTE.

Dans fon appartement ,
Pour quelque tems Madame eft en retraite.

BLANFORD.

J'admire fort cette vertu parfaite ;
Mais j'entrerai.

COLLETTE.

Mais, Monfieur , écoutez.

BLANFORD.

Sans écouter, entrons vîte. (*Il entre.*)

COLLETTE.

Arrêtez.

ADINE.

Hélas! fuivons, & voyons quelle iffue
Aura pour moi cette étrange entrevue.

SCENE V.

COLLETTE *feule.*

IL va la voir : il va découvrir tout.
Je meurs de peur ; ma maîtreffe eft à bout.
Ah ! ma maîtreffe, avoir eu le courage
De ftipuler ce fecret mariage !
De vous donner au Caiffier Bartolin !
Eh ! que dira notre public malin ?
O ! que la femme eft une étrange efpece !
Et l'homme auffi.... quel excès de foibleffe !
Madame eft folle, avec fon air malin ;
Elle fe trompe, & trompe fon prochain,
Paffe fon tems , après mille méprifes ,
A réparer avec art fes fottifes.
Le goût l'emporte, & puis on voudroit bien
Ménager tout, & l'on ne garde rien.

Maudit retour, & maudite aventure !
Comment Blanford prendra-t-il son injure ?
Dans la maison voici donc tros·maris ;
Deux sont promis, & l'autre, je crois, pris.
Femme en tel cas, ne sçait auquel entendre.

SCENE VI.

DORFISE, COLLETTE.

COLLETTE.

Madame, hé bien, quel parti faut-il prendre ?
DORFISE.

Va, ne crains rien ; on sçait l'art d'éblouir,
De différer, pour se faire chérir.
L'homme se mene aisément ; ses foibleffes
Font notre force, & servent nos adreffes.
On s'eft tiré de pas plus dangereux.
J'ai fait finir cet entretien fâcheux.
Adroitement je fais, à la campagne,
Courir notre homme, (& le Ciel l'accompagne !)
Chez Bartolin, son ancien confident,
Qui pourra bien lui compter quelque argent.
J'aurai du tems, il fuffit.
COLLETTE.

Ah ! le Diable
Vous fit figner ce contrat déteftable.
Qui, vous, Madame, avoir un Bartolin ?
DORFISE.

Eh ! mon enfant, le Diable eft bien malin.
Ce gros Caiffier m'a tant perfécutée ;
Le cœur se gagne ; on tente, on eft tentée.
Tu sçais qu'un jour on nous dit que Blanford
Ne viendroit plus.
COLLETTE.

Parce qu'il étoit mort.
DORFISE.

Je me voyois fans appui, fans richeffe,
Foible fur-tout ; car tout vient de foibleffe ;

L'étoile

L'étoile est forte, & c'est souvent le lot
De la beauté, d'épouser un magot.
Mon cœur étoit à des épreuves rudes.

COLLETTE.

Il est des tems dangereux pour les prudes;
Mais à l'amour devant sacrifier,
Vous auriez dû prendre le Chevalier;
Il est joli.

DORFISE.

Je voulois du mystere;
Je n'aime pas d'ailleurs son caractere;
Je le ménage; il est mon complaisant,
Mon émissaire, & c'est lui qui répand,
Par son babil & sa folie utile,
Les bruits qu'il faut qu'on seme par la Ville.

COLLETTE.

Mais Bartolin est si vilain.

DORFISE.

Oui, mais....

COLLETTE.

Et son esprit n'a guere plus d'attraits.

DORFISE.

Oui; mais....

COLLETTE.

Quoi, mais?

DORFISE.

Le destin, le caprice,
Mon triste état, quelque peü d'avarice,
L'occasion, je, je me résignai,
Je devins folle, en un mot, je signai.
Du bon Blanford je gardois la cassette.
D'un peu d'argent, mon amitié discrette
Fit quelques dons par charité pour lui.
Eh! qui croyoit que Blanford aujourd'hui,
Après deux ans gardant sa vieille flamme,
Viendroit chercher sa cassette & sa femme?

COLLETTE.

Chacun disoit ici qu'il étoit mort;
Il ne l'est point; lui seul est dans son tort.

E

DORFISE, *reprenant l'air de prude.*

Ah ! puiſqu'il vit, je lui rendrai, ſans peine,
Tous ſes bijoux ; hélas ! qu'il les reprenne.
Mais Bartolin, qui les croyoit à moi,
Me les garda, les prit de bonne foi,
Les croit à lui, les conſerve, les aime,
En eſt jaloux autant que de moi-même.

COLLETTE.

Je le crois bien.

DORFISE.

Maris, vertu, bijoux,
J'ai dans l'eſprit de vous accorder tous.

SCENE VII.

LE CHEVALIER MONDOR, ADINE, DORFISE.

LE CHEVALIER.

CHaſſerons-nous ce rival plein de gloire,
Qui me mépriſe, & s'en fait tant accroire ?

ADINE, *arrivant dans le fond à pas lents, tandis*
que le Chevalier entroit bruſquement.

Ecoutons bien.

LE CHEVALIER.

Il faut me rendre heureux ;
Il faut punir ſon air avantageux.
Je ſuis à vous, avec plaiſir je laiſſe
Au vieux Darmin ſa petite maîtreſſe ;
A le troubler on n'a que de l'ennui ;
On perd ſa peine à ſe moquer de lui.
C'eſt ce Blanford, c'eſt ſa vertu ſévere,
Sa gravité, qu'il faut qu'on déſeſpere.
Il croit qu'on doit ne lui refuſer rien,
Par la raiſon qu'il eſt homme de bien.
Ces gens de bien me mettent à la gêne.
Ils vous feront périr d'ennui, ma Reine.

DORFISE, *d'un air modeſte & ſévere, après avoir*
regardé Adine.

Vous vous moquez. J'ai pour Monſieur Blanford

Un vrai respect, & je l'estime fort.

LE CHEVALIER.

Il est de ceux qu'on estime & qu'on berne,
N'est-il pas vrai ?

ADINE *à part.*

Que ceci me consterne !
Elle est constante, elle a de la vertu !
Tout me confond, elle aime ; ah, qui l'eût cru !

DORFISE.

Que dit-il là ?

ADINE *à part.*

Quoi ! Dorfise est fidèlle ?
Et pour combler mon malheur, elle est belle.

DORFISE, *au Chevalier, après avoir regardé Adine.*

Il dit que je suis belle.

LE CHEVALIER.

Il n'a pas tort ;
Mais il commence à m'importuner fort.
Allez, l'enfant, j'ai des secrets à dire
A cette Dame.

ADINE.

Hélas ! je me retire.

DORFISE.

(*au Chevalier.*)   (*à Adine.*)
Vous vous moquez. Restez, restez ici.
(*au Chevalier.*)
Osez-vous bien le renvoyer ainsi ?
(*à Adine.*)
Approchez-vous : peu s'en faut qu'il ne pleure,
L'aimable enfant ! je prétends qu'il demeure.
Avec Blanford il est chez moi venu :
Dès ce moment son naturel m'a plu.

LE CHEVALIER.

Eh ! laissez là son naturel, Madame.
De ce Blanford vous haïssez la flamme ;
Vous m'avez dit qu'il est brutal, jaloux.

DORFISE, *fierement.*

(*à Adine.*)
Je n'ai rien dit. Çà, quel âge avez-vous ?

ADINE.

J'ai dix-huit-ans,

DORFISE.

Cette tendre jeuneffe
A grand befoin du frein de la fageffe.
L'exemple entraîne, & le vice eft charmant;
L'occafion s'offre fi fréquemment !
Un feul coup d'œil perd de fi belles ames !
Défiez-vous de vous-même, & des femmes;
Prenez bien garde au fouffle empoifonneur,
Qui, des vertus, flétrit l'aimable fleur.

LE CHEVALIER.

Que fa fleur foit, ou ne foit pas flétrie,
Mêlez-vous moins de fa fleur, je vous prie;
Et m'écoutez.

DORFISE.

Mon Dieu ! point de courroux;
Son innocence a des charmes fi doux !

LE CHEVALIER.

C'eft un enfant.

DORFISE, s'approchant d'Adine.

Çà, dites-moi, jeune homme,
D'où vous venez, & comment on vous nomme,

ADINE.

J'ai nom Adine, en Grece je fuis né ;
Avec Darmin Blanford m'a ramené.

DORFISE.

Qu'il a bien fait !

LE CHEVALIER.

Quelle humeur curieufe !
Quoi ! je vous peins mon ardeur amoureufe,
Et vous parlez encor à cet enfant ?
Vous m'oubliez pour lui ?

DORFISE, doucement.

Paix, imprudent.

SCENE VIII.

DORFISE, LE CHEVALIER MONDOR, ADINE,
COLLETTE.

COLLETTE.

M Adame.

DORFISE.

Hé bien ?

COLLETTE.

Vous êtes attendue
A l'assemblée.

DORFISE.

Oui , j'y serai rendue
Dans peu de tems.

LE CHEVALIER.

Quel message ennuyeux !
Quand nous ferons assemblés tous les deux ,
Nous casserons pour jamais , je vous prie ,
Ces rendez-vous de fade pruderie ,
Ces comités , ces conspirations
Contre les goûts , contre les passions.
Il vous sied mal , jeune encor , belle & fraîche ,
D'aller crier , d'un ton de pigriéche ,
Contre les ris , les jeux & les amours ;
De blasphémer ces Dieux de vos beaux jours ,
Dans des réduits peuplés de vieilles ombres ,
Que vous voyez , dans leurs cabales sombres ,
Se lamenter sans gosier & sans dents ,
Dans leurs tombeaux , des plaisirs des vivans.
Je vais , je vais , de ces sempiternelles ,
Tout de ce pas égayer les cervelles ;
Et leur donnant à toutes leur paquet ,
Par cent bons mots étouffer leur caquet.

DORFISE.

Gardez-vous bien d'aller me compromettre ,
Cher Chevalier , je ne puis le permettre.
N'allez point là.

LE CHEVALIER.

Mais j'y cours à l'instant

Vous annoncer.   (*Il fort.*)

DORFISE.

Ah , quel extravagant !

(*au jeune Adine.*)

Allez, mon fils , gardez-vous , à votre âge,

D'un pareil fou ; foyez difcret & fage.

Mes complimens à Blanford.... L'œil touchant !

ADINE , *fe retournant.*

Quoi !

DORFISE.

Le beau teint ! l'air ingénu , charmant

Et vertueux !.... Je veux que par la fuite ,

Dans mon loifir , vous me rendiez vifite,

ADINE.

Je vous ferai ma cour affidument,

Adieu , Madame.

DORFISE.

Adieu, mon bel enfant.

ADINE.

Hélas ! j'éprouve un embarras extrême.

Me trahit-on ? je l'ignore ; mais j'aime.

SCENE IX.

DORFISE, COLLETTE.

DORFISE *revenant , conduifant de l'œil Adine qui*
la regarde.

J'Aime , dit-il ; quel mot ! ce beau garçon,

Déja pour moi fent de la paffion.

Il parle feul, me regarde, s'arrête ;

Et je crains fort d'avoir tourné fa tête.

COLLETTE.

Avec tendreffe il lorgne vos appas.

DORFISE.

Eft-ce ma faute ? Ah ! je n'y confens pas.

COLLETTE.

Je le crois bien ; le péril eſt trop proche ;
Du bon Blanford je crains pour vous l'approche ;
Je crains ſur-tout le courroux impoli
De Bartolin.

DORFISE, *en ſoupirant.*

Que ce Turc eſt joli !
Le crois-tu Turc ? Crois-tu qu'un infidelle
Ait l'air ſi doux, la figure ſi belle ?
Je crois, pour moi, qu'il ſe convertira.

COLLETTE.

Je crois, pour moi, que dès qu'on apprendra
Qu'à Bartolin vous êtes màriée,
Votre vertu ſera fort décriée ;
Ce petit Turc de peu vous ſervira ;
Terriblement Blanford éclatera.

DORFISE.

Va, ne crains rien.

COLLETTE.

J'ai, dans votre prudence,
Depuis long-tems entiere confiance.
Mais Bartolin' eſt un brutal jaloux ;
Et c'eſt bien pis, Madame, il eſt époux.
Le cas eſt triſte, il a peu de ſemblables ;
Ces deux rivaux ſeroient fort intraitables.

DORFISE.

Je prétends bien les éviter tous deux.
J'aime la paix, c'eſt l'objet de mes vœux,
C'eſt mon devoir ; il faut, en conſcience,
Prévoir le mal, fuir toute violence,
Et prévenir le mal qui ſurviendroit,
Si mon état trop tôt ſe découvroit.
J'ai des amis, gens de bien, de mérite.

COLLETTE.

Prenez conſeil d'eux.

DORFISE.

Ah ! oui, prenons vîte.

COLLETTE.

Hé bien, de qui ?

DORFISE.

Mais de cet étranger,
De ce petit.... là.... tu m'y fais songer.

COLLETTE.

Lui, des confeils? Lui, Madame, à fon âge?
Sans barbe encor ?

DORFISE.

Il me paroît fort fage.
Et s'il eft tel, il le faut écouter.
Les jeunes gens font bons à confulter.
Il me pourroit procurer des lumieres ,
Qui donneroient du jour à mes affaires.
Et tu fens bien qu'il faut parler d'abord
Au jeune ami du bon Monfieur Blanford.

COLLETTE.

Oui, lui parler paroît fort néceffaire.

DORFISE, *tendrement, & d'un air embarraffé.*

Et comme à table on parle mieux d'affaire ,
Conviendroit-il qu'avec difcrétion ,
Il vînt dîner avec moi?

COLLETTE.

Tout de bon ?
Quoi, vous craignez fi fort la médifance ?

DORFISE , *d'un air fier.*

Je ne crains rien ; je fçais comme je penfe ;
Quand on a fait fa réputation ,
On eft tranquille à l'abri de fon nom.
Tout le parti prend en main notre caufe ,
Crie avec nous.

COLLETTE.

Oui ; mais le monde caufe.

DORFISE.

Hé bien, cédons à ce monde méchant;
Sacrifions un dîner innocent ;
N'aiguifons point leur langue libertine.
Je ne veux plus parler au jeune Adine :
Je ne veux point le revoir.... Cependant,
Que peut-on dire , après tout, d'un enfant?
A la fageffe, ajoutons l'apparence ,
Le décorum, l'exacte bienféance.

De

De ma coufine il faut prendre le nom ,
Et le prier de fa part....

COLLETTE.

Pourquoi non ?
C'eft très-bien dit ; une femme mondaine
N'a rien à perdre ; on peut, fans être en peine,
Deffous fon nom mettre dix billets doux ,
Autant d'amans , autant de rendez-vous.
Quand on la cite , on n'offenfe perfonne ;
Nul n'en rougit , & nul ne s'en étonne.
Mais par hazard , quand des Dames de bien
Font une chûte , il faut la cacher bien.

DORFISE.

Des chûtes ! moi ? je n'ai , dans cette affaire ,
Graces au Ciel , nul reproche à me faire.
J'ai figné ; mais je ne fuis point enfin
Abfolument Madame Bartolin.
On a des droits , & c'eft tout ; & peut-être
On va bientôt fe délivrer d'un maître.
J'ai dans ma tête un deffein très-prudent.
Si ce beau Turc a pour moi du penchant ,
C'en eft affez ; tout ira bien , s'il m'aime.
Je fuis encor maîtreffe de moi-même ;
Heureufement , je puis tout terminer.
Va-t-en prier ce jeune homme à dîner.
Eft-ce un grand mal que d'avoir à fa table ,
Avec décence , un jeune homme eftimable ,
Un cœur tout neuf , un air frais & vermeil ,
Et qui nous peut donner un bon confeil ?

COLLETTE.

Un bon confeil ! ah ! rien n'eft plus louable ;
Accompliffons cette œuvre charitable.

Fin du fecond Acte.

F

ACTE III.

SCENE PREMIERE.

DORFISE, COLLETTE.

DORFISE.

ESt-ce point lui ? Que je suis inquiete !
On frappe, il vient. Collette, holà, Collette ;
C'est lui, c'est lui.

COLLETTE.

            Non, c'est le Chevalier,
Que loin d'ici je viens de renvoyer ;
Cet étourdi, qui court, saute, semille,
Sort, rentre, va, vient, rit, parle, frétille ;
Il veut dîner tête à tête avec vous ;
Je l'ai chassé d'un air entre aigre & doux.

DORFISE.

A ma cousine il faut qu'on le renvoye.
Ah ! que je hais leur insipide joie !
Que leur babil est un trouble importun !
Chassez-les moi.

COLLETTE.

            Chut, chut, j'entends quelqu'un.

DORFISE.

Ah ! c'est mon Grec.

COLLETTE.

            Oui, c'est lui, ce me semble.

SCENE II.

DORFISE, ADINE.

DORFISE.

Entrez, Monfieur. Bon jour, Monfieur. Je tremble.
Affeyez-vous....

ADINE.

Je fuis tout interdit....
Pardonnez-moi, Madame, on m'avoit dit
Qu'une autre....

DORFISE, *tendrement,*

Hé bien, c'eft moi qui fuis cette autre.
Raffurez-vous ; quelle peur eft la vôtre ?
Avec Blanford ma coufine aujourd'hui
Dîne dehors : tenez-moi lieu de lui.

(*Elle le fait affeoir.*)

ADINE.

Eh ! qui pourroit en tenir lieu, Madame ?
Eft-il un feu comparable à fa flamme ?
Et quel mortel égaleroit fon cœur,
En grandeur d'ame, en amour, en valeur ?

DORFISE.

Vous en parlez, mon fils, avec grand zèle ;
Votre amitié paroît vive & fidèle ;
J'admire en vous un fi beau naturel.

ADINE.

C'eft un penchant bien doux, mais bien cruel.

DORFISE.

Que dites-vous ? La charmante jeuneffe
Doit éprouver une honnête tendreffe.
Par de faints nœuds il faut qu'on foit lié ;
Et la vertu n'eft rien fans l'amitié.

ADINE.

Ah ! s'il eft vrai qu'un naturel fenfible,
De la vertu, foit la marque infaillible,
J'ofe vous dire ici fans vanité,
Que je me pique un peu de probité.

DORFISE.

Mon bel enfant, je me crois deftinée
A cultiver une ame fi bien née.
Plus d'une femme a cherché vainement
Un ami tendre, aufli vif que prudent,
Qui poffédât les graces du jeune âge,
Sans en avoir l'empreffement volage ;
Et je me trompe, à votre air tendre & doux,
Ou tout cela paroît uni dans vous.
Par quel bonheur une telle merveille
Se trouve-t-elle aujourd'hui dans Marfeille ?
                    (*Elle approche fon fauteuil.*)
                    ADINE.

J'étois en Grece ; & le brave Blanford
En ce pays me paffa fur fon bord.
Je vous l'ai dit deux fois.
                    DORFISE.

                              Une troifiéme,
A mon oreille, eft un plaifir extrême.
Mais, dites-moi, pourquoi ce front charmant,
Et fi Français, eft coëffé d'un Turban ?
Seriez-vous Turc ?

                    ADINE.
                    La Grece eft ma patrie.
                    DORFISE.

Qui l'auroit cru ? La Grece eft en Turquie ?
Que votre accent, que ce ton Grec eft doux !
Que je voudrois parler Grec avec vous !
Que vous avez la mine aimable & vive
D'un vrai Français, & fa grace naïve !
Que la nature entre nous fe méprit,
Quand par malheur un Grec elle vous fit !
Que je bénis, Monfieur, la Providence,
Qui vous a fait aborder en Provence !
                    ADINE.

Hélas ! j'y fuis, & c'eft pour mon malheur.
                    DORFISE.

Vous, malheureux !
                    ADINE.
                    Je le fuis par mon cœur.

DORFISE.

Ah! c'eft le cœur qui fait tout dans le monde;
Le bien, le mal, fur le cœur tout fe fonde;
Et c'eft auffi ce qui fait mon tourment.
Vous avez donc pris quelque engagement?

ADINE.

Eh! oui, Madame. Une femme intriganté
A défolé ma jeuneffe imprudente:
Comme fon teint, fon cœur eft plein de fard;
Elle eft hardie, & pourtant pleine d'art;
Et j'ai fenti d'autant plus fés malices,
Que la vertu fert de mafque à fes vices.
Ah! que je fouffre, & qu'il me femble dur,
Qu'un cœur fi faux gouverne un cœur trop pur!

DORFISE.

Voyez la mafque! une femme infidelle!
Puniffons-la, mon fils; çà, quelle eft-elle?
De quel pays? Quel eft fon rang, fon nom?

ADINE.

Ah! je ne puis le dire.

DORFISE.

Comment donc?
Vous poffédez auffi l'art de vous taire?
Ah! vous avez tous les talens de plaire.
Jeune & difcret! je vais, moi, m'expliquer.
Si quelque jour, pour vous bien dépiquer
De la guenon qui fit votre conquéte,
On vous offroit une perfonne honnête,
Riche, eftimée, & fur-tout poffédant
Un cœur tout neuf, mais folide & conftant,
Tel qu'il en eft très-peu dans la Turquie,
Et moins encor, je crois, dans ma patrie,
Que diriez-vous? Que vous en fembléroit?

ADINE.

Mais.... je dirois que l'on me tromperoit.

DORFISE.

Ah! c'eft trop loin pouffer la défiance.
Ayez, mon fils, un peu plus d'affurance.

ADINE.

Pardonnez-moi; mais les cœurs malheureux,

Vous le fçavez, font un peu foupçonneux.
DORFISE.
Eh ! quels foupçons avez-vous, par exemple,
Quand je vous parle, & que je vous contemple ?
ADINE.
J'ai des foupçons que vous avez deffein
De m'éprouver.
DORFISE, *en s'écriant,*
Ah ! le petit malin !
Qu'il eft rufé fous cet air d'innocence !
C'eft l'amour même au fortir de l'enfance,
Allez-vous en. Le danger eft trop grand.
Je ne veux plus vous voir abfolument.
ADINE.
Vous me chaffez ? il faut que je vous quitte,
DORFISE.
C'eft obéir à mon ordre un peu vîte.
Là, revenez. Mon eftime eft au point
Que, contre vous, je ne me fâche point.
N'abufez pas de mon eftime extrême.
ADINE.
Vous eftimez Monfieur Blanford de même.
Eftime-t-on deux hommes à la fois ?
DORFISE.
Oh ! non, jamais ; & les aimables loix
De la raifon, de la tendreffe fage,
Font qu'on fuccede, & non pas qu'on partage,
Vous apprendrez à vivre aüprès de moi.
ADINE.
J'apprends beaucoup par tout ce que je voi.
DORFISE.
Lorfque le Ciel, mon fils, forme une belle,
Il fait d'abord un homme exprès pour elle ;
Nous le cherchons long-tems avec raifon ;
On fait vingt choix avant d'en faire un bon.
On fuit une ombre ; au hazard on s'éprouve ;
Toujours on cherche, & rarement on trouve.
L'inftinct fecret vole après le vrai bien....
(*Vivement & tendrement.*)
Quand on vous trouve, il ne faut chercher rien.

ADINE.

Si vous fçaviez ce que j'ai l'honneur d'être,
Vous changeriez d'opinion peut-être.

DORFISE.

Eh ! point du tout.

ADINE.

Peu digne de vos foins,
Connu de vous , vous m'eftimeriez moins,
Et nous ferions attrapés l'un & l'autre.

DORFISE.

Attrapés ! vous ! quelle idée eft la vôtre ?
Mon bel enfant , je prétends.... Ah ! pourquoi
Venir fitôt m'interrompre ?... Eh ! c'eft toi ?

SCENE III.

COLLETTE, DORFISE , ADINE.

COLLETTE, *avec empreffement.*

TRès-importune, & très-trifte de l'être ;
Mais un quidam , plus importun peut-être ,
S'en va venir ; c'eft Monfieur Bartolin.

DORFISE.

Le prétendu ? Je l'attendois demain ;
Il m'a trompée , il revient , le barbare !

COLLETTE.

Le contre-tems eft encor plus bizarre.
Ce Chevalier, le Roi des étourdis ,
Méconnoiffant le patron du logis ,
Caufe avec lui, plaifante, s'évertue,
Et le retient malgré lui dans la rue.

DORFISE.

Tant mieux ; ô ciel !

COLLETTE.

Point , Madame, tant pis ;
Car l'indifcret , comme je vous le dis ,
Ne fçachant pas quel eft le perfonnage ,
Crie hautement , lui riant au vifage ,
Que nul chez vous n'entrera d'aujourd'hui ,

Que tout le monde eſt exclus comme lui ;
Que Bartolin n'eſt rien qu'un trouble-fête ;
Et qu'à préſent , dans un doux tête-à-tête ,
Madame au fond de ſon appartement ,
Loin du grand monde , eſt vertueuſement.
Le Bartolin , que le dépit tranſporte ,
Prétend qu'il va faire enfoncer la porte.
Le Chevalier , toujours d'un ton railleur ,
Creve de rire , & l'autre de douleur.

DORFISE.

Et moi de crainte. Ah ! Collette , que faire ?
Où nous fourrer ?

ADINE.

Quel eſt donc ce myſtere ?

DORFISE.

Ce myſtere eſt que vous êtes perdu ,
Que je ſuis morte. Ah ! Collette , où vas-tu ?

ADINE.

Que deviendrai-je ?

DORFISE , à *Collette.*

Ecoute , toi , demeure.
Quel tems il prend ! revenir à cette heure !
(à *Adine.*)
Dans ce réduit cachez-vous tout le ſoir ;
Vous trouverez un ample manteau noir ,
Fourrez-vous y. Mon Dieu ! c'eſt lui ſans doute.

ADINE , *allant dans le Cabinet.*

Hélas ! voilà ce que l'amour me coûte.

DORFISE.

Ce pauvre enfant , qu'il m'aime !

COLLETTE.

Eh ! taiſez-vous.
On vient ; hélas ! c'eſt le futur époux.

SCENE

SCENE IV.

BARTOLIN, DORFISE, COLLETTE.

DORFISE, *allant au-devant de Bartolin.*

MOn cher Monfieur, le Ciel vous accompagne....
Vous revenez bien tard de la Campagne....
Vous m'avez fait un fi grand déplaifir,
Que je fuis prête à m'en évanouir.

BARTOLIN.

Le Chevalier difoit tout au contraire.

DORFISE.

Tout ce qu'il dit eft faux ; je fuis fincere,
Il faut me croire. Il m'aime à la fureur ;
Il eft au vif piqué de ma rigueur ;
Son vain caquet m'étourdit & m'affomme ;
Et je ne veux jamais revoir cet homme.

BARTOLIN.

Mais cependant de bon fens il parloit.

DORFISE.

Ne croyez rien de tout ce qu'il difoit.

BARTOLIN.

Soit ; mais il faut, pour finir nos affaires,
Prendre en ce lieu les chofes néceffaires.

DORFISE, *d'un ton careffant.*

Que faites-vous ? Arrêtez-vous ; holà,
N'entrez donc pas dans ce cabinet-là.

BARTOLIN.

Comment ? Pourquoi ?

DORFISE, *après avoir rêvé.*

Du même efprit pouffée,
J'ai comme vous eu, mon cher, en penfée....
De mettre ici nos papiers en état....
J'ai fait venir notre vieil Avocat....
Nous confultions ; une grande foibleffe
L'a pris foudain.

BARTOLIN.

C'eft excès de vieilleffe.

G

COLLETTE.

On va donner, au bon petit vieillard,
Un....

BARTOLIN.

Oui, j'entends.

DORFISE.

On l'a mis à l'écart;
De mon sirop il a pris une dose,
Et maintenant je pense qu'il repose.

BARTOLIN.

Il ne repose point, car je l'entends
Qui marche encor, & tousse là-dedans.

COLLETTE.

Hé bien, faut-il, lorsqu'un Avocat tousse,
L'importuner?

BARTOLIN.

Tout cela me courrouce;
Je veux entrer.   (*Il entre dans le Cabinet.*)

DORFISE.

O Ciel! fais donc si bien,
Qu'il cherche tout sans pouvoir trouver rien.
Hélas! qu'entends-je? On s'écrie, il dit, tue;
Mon Avocat est mort, je suis perdue.
Où suis-je? Hélas! de quel côté courir?
Dans quel Couvent m'aller ensevelir?
Où me noyer?

BARTOLIN *revenant, & tenant Adine par le bras.*

Ah, ah! notre future,
Vos Avocats font d'aimable figure!
Dans le Barreau vous choisissez très-bien.
Venez, venez, notre vieux Praticien,
D'ici sans bruit il vous faut disparoître,
Et vous irez plaider par la fenêtre;
Allons, & vîte.

DORFISE.

Ecoutez-moi; pardon,
Mon cher mari.

ADINE.

Lui, son mari!

BARTOLIN, *à Adine.*

Frippon !

Il faut d'abord commencer ma vengeance,
Par l'étriller à ſes yeux d'importance.

ADINE.

Hélas ! Monſieur, je tombe à vos genoux,
Je ne ſçaurois mériter ce courroux.
Vous me plaindrez, ſi je me fais connoître ;
Je ne ſuis point ce que je peux paroître.

BARTOLIN.

Tu me paroîs un vaurien, mon ami,
Fort dangereux, & tu ſeras puni.
Viens çà, viens çà.

ADINE.

Ciel ! au ſecours ! à l'aide !
De grace, hélas !

DORFISE.

La rage le poſſede.
A mon ſecours, tous mes voiſins.

BARTOLIN.

Tais-toi.

DORFISE, COLLETTE, ADINE.

A mon ſecours !

BARTOLIN, *emmenant Adine.*

Allons, ſors de chez moi.

SCENE V.

DORFISE, COLLETTE.

DORFISE.

IL va tuer ce pauvre enfant, Collette ?
En quel état cet accident me jette !
Il me tuera moi-même.

COLLETTE.

Le malin
Vous fit ſigner avec ce Bartolin.

DORFISE, *en criant.*

Ah, l'indigne homme ! ah ! comment s'en défaire ?

Va-t-en chercher, Collette, un Commissaire ;
Va l'accuser.

COLLETTE.

De quoi ?

DORFISE.

De tout.

COLLETTE.

Fort bien.

Où courez-vous ?

DORFISE.

Hélas ! je n'en sçais rien.

SCENE VI.

Mme. BURLET , DORFISE, COLLETTE.

Mme. BURLET.

Hé bien, qu'est-ce, cousine ?

DORFISE.

Ah, ma cousine !

Mme. BURLET.

Il sembleroit que l'on vous assassine ,
Ou qu'on vous vole, ou qu'on vous bat, ou que,
Dans le logis, vous avez mis le feu.
Mon Dieu, quels cris, quel bruit, quel train, ma chere !

DORFISE.

Cousine , hélas ! apprenez mon affaire ;
Mais gardez-moi le secret pour jamais.

Mme. BURLET , *toujours gaiement & avec vivacité.*

Je n'ai pas l'air de garder des secrets ;
Je suis pourtant discrette comme une autre.
Cousine, hé bien, quelle affaire est la vôtre ?

DORFISE.

Mon affaire est terrible ; c'est d'abord,
Que je suis....

Mme. BURLET.

Quoi ?

DORFISE.

Fiancée.

Mme. BURLET.

A Blanford ?

Hé bien, tant mieux, c'eſt bien fait ; & j'approuve
Cet hymen-là, ſi le bonheur s'y trouve ;
Je veux danſer à votre noce.

DORFISE.

Hélas !

Ce Bartolin, qui jure tant là-bas,
Qui de ſes cris ſcandaliſe le monde,
C'eſt le futur.

Mme. BURLET.

Hé bien, tant pis ; je fronde
Ce mariage avec cet homme-là ;
Mais s'il eſt fait, le public s'y fera.
Eſt-il mari tout-à-fait ?

DORFISE, *d'un ton modeſte.*

Pas encore,

C'eſt un ſecret que tout le monde ignore ;
Notre contrat eſt dreſſé dès long-tems.

Mme. BURLET.

Fais-moi caſſer ce contrat.

DORFISE.

Les méchans

Vont tous parler. Je ſuis.... je ſuis outrée.
Ce maudit homme ici m'a rencontrée
Avec un jeune Turc, qui s'enfermoit,
En tout honneur, dedans ce cabinet.

Mme. BURLET.

En tout honneur ! là, là, ta prud'homie
S'eſt donc enfin quelque peu démentie ?

DORFISE.

Oh ! point du tout, c'eſt un petit faux pas,
Une foibleſſe, & c'eſt la ſeule, hélas !

Mme. BURLET.

Bon ! une faute eſt quelquefois utile ;
Ce faux pas là t'adoucira la bile ;
Tu ſeras moins ſévere.

DORFISE.

Ah ! tirez-moi,

Sévere ou non, du gouffre où je me voi ;

Délivrez-moi des langues médifantes,
De Bartolin, de fes mains violentes ;
Et délivrez, de ces périls preffans,
Mon fage ami, qui n'a pas dix-huit ans.

(*En élevant la voix, & en pleurant.*)
Ah ! voilà l'homme au contrat.

SCENE VII.

BARTOLIN, DORFISE, Mme. BURLET.

Mme. BURLET, *à Bartolin.*

Quel vacarme !
Quoi ! pour un rien votre efprit fe gendarme ?
Faut-il ainfi, fur un petit foupçon,
Faire pleurer fes amis ?

BARTOLIN.

Ah ! pardon :
Je l'avourai, je fuis honteux, mes Dames,
D'avoir conçu de ces foupçons infâmes ;
Mais l'apparence enfin dût m'allarmer ;
En vérité, pouvois-je préfumer
Que ce jeune homme, à ma vue abufée,
Fût une fille en garçon déguifée ?

DORFISE, *à part.*
En voici bien d'un autre.

Mme. BURLET.

Tout de bon ?
Madame a pris fille pour un garçon ?

BARTOLIN.

La pauvre enfant eft encor tout en larmes ;
En vérité, j'ai pitié de fes charmes.
Mais pourquoi donc ne me pas avertir
De ce qu'elle eft ? Pourquoi prendre plaifir
A m'éprouver, à me mettre en colere ?

DORFISE, *à part.*
Oh, oh ! le drôle a-t-il pu fi bien faire,
Qu'à Bartolin il ait perfuadé

Qu'il étoit fille, & fe foit évadé ?
Le tour eft bon ! mon Dieu, l'enfant aimable !
(à *Bartolin*.)
Que l'amour a d'efprit ! Homme haïffable,
Hé bien, méchant, réponds ; oferas-tu
Faire un affront encor à la vertu ?
La pauvre fille, avec pleine affurance,
Me confioit fon aimable innocence ;
Madame fçait avec combien d'ardeur.
Je me chargeois du foin de fon honneur.
Il te faudroit une franche coquette,
Je te l'avoue, & je te la fouhaite ;
J'éclaterai, je me perds, je le fçai ;
Mais mon contrat fera ma foi caffé.

BARTOLIN.
Je fçais qu'il faut qu'en pareil cas on crie.
(à *Dorfife*.)
Mais criez donc un peu moins, je vous prie.
(à *Mme. Burlet*.)
Accordons-nous.... Et vous, par charité,
Que tout ceci ne foit point éventé.
J'ai cent raifons pour cacher ce myftere.

DORFISE, à *Mme. Burlet*.
Vous me fauvez, fi vous fçavez vous taire ;
N'en parlez pas au bon Monfieur Blanford.
Mme. BURLET.
Moi ? Volontiers.
BARTOLIN.
Vous m'obligerez fort.

SCENE VIII.

DORFISE, Mme. BURLET, BARTOLIN, COLLETTE.

COLLETTE.
Blanford eft là, qui dit qu'il faut qu'il monte.
DORFISE.
O contre-tems, qui toujours me démonte !

(à *Bartolin.*)

Laiffez-moi feule , allez le recevoir.

BARTOLIN.

Mais....

DORFISE.

Mais après ce que l'on vient de voir,
Après l'éclat d'une telle injuftice ,
Il vous fied bien de montrer du caprice.
Obéiffez. Faites-vous cet effort.

SCENE IX.

DORFISE, Mme. BURLET.

Mme. BURLET.

EN vérité , je me réjouis fort
De voir qu'ainfi la chofe foit tournée.
Du prétendu la vifiere eft bornée.
Je m'étonnois , ma coufine, entre nous ,
Que ta cervelle eût choifi cet époux ;
Mais ce cas-ci me furprend davantage ;
Prendre pour fille un garçon ! à fon âge !
Ah ! les maris feront toujours bernés ,
Jaloux & fots , & conduits par le nez.

DORFISE.

Je n'entends rien, Madame , à ce langage ;
Je n'avois pas mérité cet outrage.
Quoi ! vous penfez qu'un jeune homme, en effet ,
Se foit caché là , dans ce cabinet ?

Mme. BURLET.

Affurément , je le penfe , ma chere.

DORFISE.

Quand mon mari vous a dit le contraire ?

Mme. BURLET.

Apparemment que ton mari futur
A cru la chofe , & n'a pas l'œil bien fûr.
N'avez-vous pas ici conté vous-même ,
Qu'un beau garçon....

                            DORFISE.

DORFISE.

L'extravagance extrême !
Qui ? moi ? Jamais ; moi ? Je vous aurois dit....
A ce point là j'aurois perdu l'esprit ?
Ah ! ma cousine , écoutez , prenez garde ;
Quand de léger la langue se hazarde
A débiter des discours médisans ,
Calomnieux , inventés , outrageans,
On s'en repent bien souvent dans la vie.

Mme. BURLET.

Il est bon là ; moi , je te calomnie ?

DORFISE.

Assurément ; & je vous jure ici....

Mme. BURLET.

Ne jure pas.

DORFISE.

Si fait , je jure.

Mme. BURLET.

Eh ! fi.
Va , mon enfant , de toute cette histoire,
Je ne croirai que ce qu'il faudra croire.
Prends un mari, deux même, si tu veux ,
Et trompe-les, bien ou mal, tous les deux ;
Fais-moi passer des garçons pour des filles ;
Avec cela gouverne vingt familles ,
Et donne-toi pour personne de bien ;
Tiens , tout cela ne m'embarrasse en rien.
J'admire fort ta sagesse profonde :
Tu mets ta gloire à tromper tout le monde ;
Je mets la mienne à m'en bien divertir ;
Et sans tromper, je vis pour mon plaisir.
Adieu , mon cœur , ma mondaine foiblesse
Baise les mains à ta haute sagesse.

H

SCÈNE X.

DORFISE, COLLETTE.

DORFISE.

LA folle va me décrier par-tout.
Ah ! mon honneur, mon efprit, font à bout.
A mes dépens les libertins vont rire ;
Je vois Dorfife un plaftron de fatyre ;
Mon nom niché dans cent couplets malins ,
Aux chanfonniers va fournir des refrains ;
Monfieur Blanford croira la médifance ,
L'autre futur en va prendre vengeance.
Comment plâtrer ce fcandale affligeant ?
En un feul jour deux époux, un amant ?
Ah ! que de trouble, & que d'inquiétude !
Qu'il faut fouffrir quand on veut être prude !
Et que fans craindre , & fans affecter rien ,
Il vaudroit mieux être femme de bien !
Allons ; un jour nous tâcherons de l'être.

COLLETTE.

Allons, tâchons du moins de le paroître.
C'eft bien affez, quand on fait ce qu'on peut.
N'eft pas toujours femme de bien qui veut.

Fin du troifiéme Acte.

ACTE IV.

SCENE PREMIERE.

DORFISE, COLLETTE.

DORFISE.

SAns doute on a conjuré ma ruine.
Si je pouvois revoir ce jeune Adine !

Il eſt ſi doux, ſi ſage, ſi diſcret !
Il me diroit ce qu'on dit, ce qu'on fait.
On pourroit prendre avec lui des meſures,
Qui rendroient bien mes affaires plus ſûres.
Hélas ! que faire ?

COLLETTE.

        Hé bien, il le faut voir,
Honnêtement lui parler.

DORFISE.

        Vers le ſoir.
Chere Collette, ah ! s'il ſe pouvoit faire,
Qu'un bon ſuccès couronnât ce myſtere !
Si je pouvois conſerver prudemment
Toute ma gloire, & garder mon amant !
Hélas ! qu'au moins un des deux me demeure.

COLLETTE.

Un d'eux ſuffit.

DORFISE.

        Mais as-tu tout-à-l'heure
Recommandé qu'ici le Chevalier,
Avec grand bruit, vînt en particulier ?

COLLETTE.

Il va venir ; il eſt toujous le même,
Et prêt à tout ; car il croit qu'il vous aime.

DORFISE.

Il peut m'aider ; le ſage, en ſes deſſeins,
Se ſert des fous pour aller à ſes fins.

SCENE II.

DORFISE, LE CHEVALIER MONDOR, COLLETTE.

DORFISE.

Venez, venez ; j'ai deux mots à vous dire.

LE CHEVALIER.

Je ſuis ſoumis, Madame, à votre empire,
Votre captif, & votre Chevalier.
Faut-il, pour vous, batailler, ferrailler ?

Malgré votre ame à mes defirs revêche,
Me voilà prêt, parlez, je me dépêche.

DORFISE.

Eft-il bien vrai que j'ai fçu vous charmer ?
Et m'aimez-vous, là, comme il faut aimer ?

LE CHEVALIER.

Oui; mais ceffez d'être fi refpectable.
La beauté plaît; mais je la veux traitable.
Trop de vertu fert à faire enrager :
Et mon plaifir, c'eft de vous corriger.

DORFISE.

Que penfez-vous de notre jeune Adine ?

LE CHEVALIER.

Moi ! rien, je fuis raffuré par fa mine.
Hercule & Mars n'ont jamais, à vingt ans,
Pu redouter des Adonis enfans.

DORFISE.

Vous me plaifez par cette confiance ;
Vous en aurez la jufte récompenfe.
Peut-être on dit qu'en un fecret lien
Je fuis entrée : il faut n'en croire rien;
De cent amans lorgnée & fatiguée,
Vous feul enfin vous m'avez fubjuguée.

LE CHEVALIER.

Je m'en doutois.

DORFISE.

Je veux, par de faints nœuds,
Vous rendre fage, & qui plus eft, heureux.

LE CHEVALIER.

Heureux ! Allons, c'eft affez, la fageffe
Ne me va pas ; mais notre bonheur preffe.

DORFISE.

D'abord j'exige un fervice de vous.

LE CHEVALIER.

Fort bien ; parlez tout franc à votre époux.

DORFISE.

Il faut ce foir, mon très-cher, faire enforte
Que la cohue aille ailleurs qu'à ma porte ;
Que ce Blanford, fi fier & fi chagrin,
Et ma coufine, & fon fat de Darmin,

Et leurs parens, & leur folle fequelle,
De tout le foir ne troublent ma cervelle.
Puis, à minuit, un Notaire fera
Dans mon alcove, & notre hymen fera ;
Vous y viendrez par une faufle porte ;
Mais point avant.

LE CHEVALIER.
Le plaifir me tranfporte.
Du fieur Blanford que je me moquerai !
Qu'il fera fot, que je l'atterrerai !
Que de brocards !

DORFISE.
Au moins fous ma fenêtre,
Avant minuit, gardez-vous de paroître.
Allez-vous en, partez, foyez difcret.

LE CHEVALIER.
Ah, fi Blanford fçavoit ce grand fecret !

DORFISE.
Mon Dieu! fortez, on pourroit nous furprendre.

LE CHEVALIER.
Adieu, ma femme.

DORFISE.
Adieu.

LE CHEVALIER.
Je vais attendre
L'heure de voir, par un charmant retour,
La pruderie immolée à l'amour.

SCENE III.

DORFISE, COLLETTE.

COLLETTE.
A Vos deffeins je ne puis rien comprendre ;
C'eft une énigme.

DORFISE.
Hé bien, tu vas l'entendre.
J'ai fait promettre à ce beau Chevalier
De taire tout ; il va tout publier.

C'en est assez. Sa voix me justifie.
Blanford croira que tout est calomnie ;
Il ne verra rien de la vérité ;
Ce jour, au moins, je suis en sûreté ;
Et dès demain, si le succès couronne
Mes bons desseins, je ne craindrai personne.

COLLETTE.

Vous m'enchantez ; mais vous m'épouvantez ;
Ces piéges-là sont-ils bien ajustés ?
Craignez-vous point de vous laisser surprendre
Dans les filets que vos mains sçavent tendre ?
Prenez-y garde.

DORFISE.

Hélas ! Colette, hélas !
Qu'un seul faux pas entraîne de faux pas !
De faute en faute on se fourvoye, on glisse,
On se racroche, on tombe au précipice ;
La tête tourne ; on ne sçait où l'on va.
Mais j'ai toujours le jeune Adine, là.
Pour l'obtenir, & pour que tout s'accorde,
Il reste encor à mon arc une corde.
Le Chevalier à minuit croit venir ;
Mon jeune amant le sçaura prévenir.
Il faut qu'il vienne à neuf heures, Collette ;
Entends-tu bien ?

COLLETTE.
Vous serez satisfaite.

DORFISE.

On le croit fille, à son air, à son ton,
A son menton doux, lisse & sans coton.
Dis-lui qu'en fille il est bon qu'il s'habille,
Que décemment il s'introduise en fille.

COLLETTE.

Puisse le Ciel bénir vos bons desseins !

DORFISE.

Cet enfant-là calmeroit mes chagrins ;
Mais le grand point, c'est que l'on imagine
Que tout le mal vient de notre cousine.
C'est que Blanford soit par lui convaincu,
Qu'Adine ici pour un autre est venu ;

Qu'il foit toujours dupe de l'apparence !
COLLETTE.
Oh, qu'il eft bon à tromper ! car il penfe
Tout le mal d'elle , & de vous tout le bien.
Il croit tout voir bien clair , & ne voit rien.
J'ai confirmé que c'eft nôtre rieufe ,
Qui, du jeune homme , eft tombée amoureufe.
DORFISE.
Ah! c'eft mentir tant foit peu, j'en conviens ;
C'eft un grand mal ; mais il produit un bien.

S C E N E   I V.

BLANFORD, DORFISE.

BLANFORD.

O Mœurs ! ô tems ! corruption maudite !
Elle s'eft fait rendre déja vifite
Par cet enfant fimple , ingénu , charmant ;
Elle vouloit en faire fon amant ;
Elle employoit l'art des fubtiles trames
De ces filets , où l'amour prend les ames.
Hom ! la coquette !
DORFISE.
Ecoutez ; après tout ,
Je ne crois pas qu'elle ait jufques au bout
Ofé pouffer cette tendre aventure ;
Je ne veux point lui faire cette injure ;
Il ne faut pas mal penfer du prochain.
Mais on étoit , me femble , en fort bon train.
Vous connoiffez nos coquettes de France ?
BLANFORD.
Tant !
DORFISE.
Un jeune homme , avec l'air d'innocence ,
Paroît à peine , on vous le court par tout.
BLANFORD.
Oui, la vertu plaît au vice fur-tout.
Mais dites-moi , comment vous pouvez faire

Pour fupporter gens d'un tel caractere ?

DORFISE.

Je prends la chofe affez patiemment.
Ce n'eft pas tout.

BLANFORD.

Comment donc ?

DORFISE.

Oh ! vraiment,
Vous allez bien apprendre une autre hiftoire ;
Ces étourdis prétendent faire accroire
Qu'en tapinois j'ai, moi, de mon côté,
De cet enfant convoité la beauté.

BLANFORD.

Vous ?

DORFISE.

Moi ; l'on dit que je veux le féduire.

BLANFORD.

J'en fuis charmé, voilà bien de quoi rire.
Qui, vous ?

DORFISE.

Moi-même, & que ce beau garçon....

BLANFORD.

Bien inventé, le tour me femble bon.

DORFISE.

Plus qu'on ne penfe ; on m'en donne bien d'autres,
Si vous fçaviez quels malheurs font les nôtres !
On dit encor que je dois me lier
En mariage au fou de Chevalier,
Cette nuit même.

BLANFORD.

Ah, ma chere Dorfife !
Plus contre vous la colomnie épuife
L'acier tranchant de fes traits empeftés,
Et plus mon cœur, épris de vos beautés,
Sçaura défendre une vertu fi pure.

DORFISE.

Vous vous trompez bien fort, je vous le jure.

BLANFORD.

Non, croyez-moi, je m'y connois un peu ;
Et j'aurois mis ces quatre doigts au feu,

J'aurois

J'aurois juré qu'aujourd'hui la cousine
Auroit lorgné notre petit Adine.
Pour être honnête, il faut de la raison ;
Quand on est fou, le cœur n'est jamais bon ;
Et la vertu n'est que le bon sens même.
Je plains Darmin, je l'estime, je l'aime.
Mais il est fait pour être un peu moqué ;
C'est malgré moi qu'il s'étoit embarqué
Sur un Vaisseau si frêle & si fragile.

SCENE V.

BLANFORD, DORFISE, DARMIN, Mme. BURLET.

Mme. BURLET.

Quoi ! toujours noir, sombre, pétri de bile,
Moralisant, grondant dans ton dépit,
Le genre humain qui l'ignore, ou s'en rit ?
Vertueux fou, finis tes soliloques.
Suis-moi : je viens d'acheter vingt bréloques ;
J'en ai pour toi. Viens chez le Chevalier,
Il nous attend, il doit nous fêtoyer.
J'ai demandé quelque peu de musique,
Pour dérider ton front mélancolique.
Après cela, te prenant par la main,
Nous danserons jusques au lendemain.
(à Dorfise.)
Tu danseras, Madame la sucrée ?

DORFISE.

Modérez-vous, cervelle évaporée ;
Un tel propos ne peut me convenir,
Et de tantôt il faut vous souvenir.

Mme. BURLET.

Bon ! laisse-là ton tantôt, tout s'oublie.
Point de mémoire est ma philosophie.

DORFISE, à *Blanford*.

Vous l'entendez, vous voyez si j'ai tort.
Adieu, Monsieur, le scandale est trop fort.

E

Je me retire.

BLANFORD.

Eh ! demeurez, Madame.

DORFISE.

Non, voyez-vous ; tout cela perce l'ame ;
L'honneur....

Mme. BURLET.

Mon Dieu ! parle-nous moins d'honneur,
Et fois honnête.   (*Dorfise fort.*)

DARMIN, *à Mme. Burlet.*

Elle a de la douleur.
L'ami Blanford fçait déja quelque chofe.

Mme. BURLET.

Oh ! comme il faut que tout le monde caufe !
Darmin & moi nous n'en avons dit rien,
Nous nous taifions.

BLANFORD.

Vraiment, je le crois bien.
Oferiez-vous me faire confidence
De tels excès, de telle extravagance ?

DARMIN.

Non, ce feroit vous navrer de douleur.

Mme. BURLET.

Nous connoiffons trop bien ta belle humeur,
Sans en vouloir épaiffir les nuages,
En te bridant le nez de tes outrages.

BLANFORD.

Mourez de honte, allez, & cachez-vous.

Mme. BURLET.

Comment ? Pourquoi ? Falloit-il, entre nous,
Venir troubler le repos de ta vie,
Couvrir tout haut Dorfife d'infamie,
Et préfenter aux railleurs dangereux,
De ton affront le plaifir fcandaleux ?
Tiens ; je fuis vive & franche, & familiere ;
Mais je fuis bonne, & jamais tracaffiere.
Je te verrois par ton ami trompé,
Et comme il faut par ta femme dupé ;
Je t'entendrois chanfonner par la ville,
J'aurois cent fois chanté ton vaudeville ;

Que rien par moi tu n'apprendrois jamais.
J'ai deux grands buts, le plaisir & la paix.
Je fuis, je hais presqu'autant que je m'aime,
Les faux rapports, & les vrais tout de même.
Vivons pour nous ; va, bien sot est celui
Qui fait son mal des sottises d'autrui.

BLANFORD.

Et ce n'est pas d'autrui, tête légere,
Dont il s'agit, c'est votre propre affaire ;
C'est vous.

Mme. BURLET.

Moi ?

BLANFORD.

Vous, qui, sans respecter rien,
Avez séduit un jeune homme de bien ;
Vous qui voulez mettre encor sur Dorfise
Cette effroyable & honteuse sottise.

Mme. BURLET.

Le trait est bon ; je ne m'attendois pas,
Je te l'avoue, à de pareils éclats.
Quoi ! c'est donc moi qui tantôt ?...

BLANFORD.

Oui, vous-même.

Mme. BURLET.

Avec Adine ?...

BLANFORD.

Oui.

Mme. BURLET.

C'est donc moi qui l'aime ?

BLANFORD.

Assurément.

Mme. BURLET.

Qui, dans mon cabinet,
L'avois caché ?

BLANFORD.

Certes, le fait est net.

Mme. BURLET.

Fort bien ! voilà de très-belles pensées ;
Je les admire ; elles sont fort sensées.
Ma foi, tu joins, mon cher homme entêté,

Le ridicule avec la probité.
Il me paroît que ta trifte cervelle,
De Don Quichotte, a fuivi le modele;
Très-honnête homme, inftruit, brave, fçavant,
Mais dans un point toujours extravagant.
Garde-toi bien de devenir plus fage :
On y perdroit, ce feroit grand dommage,
L'extravagance a fon mérite. Adieu.
Venez, Darmin.

SCENE VI.

BLANFORD, DARMIN.

BLANFORD.

Non, demeurez, morbleu,
J'ai votre honneur à cœur, & j'en enrage ;
Il faut quitter cette fourbe volage,
De fes filets retirer votre foi,
La méprifer, ou bien rompre avec moi.

DARMIN.

Le choix eft trifte ; & mon cœur vous confeffe,
Qu'il aime fort fon ami, fa maîtreffe.
Mais fe peut-il que votre efprit chagrin
Juge toujours fi mal du cœur humain ?
Voyez-vous pas qu'une femme hardie
Tiffut le fil de cette perfidie,
Qu'elle vous trompe, &, de fon propre affront,
Veut à vos yeux flétrir un autre front ?

BLANFORD.

Voyez-vous pas, homme à cervelle creufe,
Qu'une infenfée, & fauffe, & fcandaleufe,
Vous a choifi pour être fon plaftron ;
Que vous gobez comme un fot l'hameçon ;
Qu'elle veut voir jufqu'où fa tyrannie
Peut s'exercer fur votre plat génie ?

DARMIN.

Tout plat qu'il eft, daignez interroger

Le feul témoin par qui l'on peut juger.
J'ai fait venir ici le jeune Adine ,
Il vous dira le fait.

BLANFORD.

Bon ! je devine
Que la fripponne aura , par fon caquet ,
Très-bien fifflé fon jeune perroquet.
Qu'il vienne un peu , qu'il vienne me féduire ,
Je ne croirai rien de ce qu'il va dire.
Je vois de loin , je vois que vous cherchez ,
Avec le jeu de cent refforts cachés ,
A dénigrer , à perdre ma maîtreffe ,
Pour me donner je ne fçais quelle niece ,
Dont vous m'avez tant vanté les attraits ;
Mais touchez-là , j'y renonce à jamais.

DARMIN.

Soit ; mais je plains votre excès d'imprudence ;
D'une perfide effuyer l'inconftance ,
N'eft pas , fans doute , un cas bien affligeant ;
Mais c'eft un mal de perdre fon argent.
C'eft là le point. Bartolin, ce brave homme ,
A-t-il enfin reftitué la fomme ?

BLANFORD.

Que vous importe ?

DARMIN.

Ah ! pardon, je croyois
Qu'il m'importoit. J'ai tort, je me trompois.
Adine vient ; pour moi je me retire ;
Par lui du moins tâchez de vous inftruire.
Si c'eft de lui que vous vous défiez ,
Vous avez tort plus que vous ne croyez ;
C'eft un cœur noble ; & vous pourrez connoître
Qu'il n'étoit pas ce qu'il a pu paroître.

SCENE VII.

BLANFORD, ADINE.

BLANFORD.

OUais! les voilà fortement acharnés
A me vouloir conduire par le nez.
Oh! que Dorfife eft bien d'une autre efpece!
Elle fe tait ; en proie à fa triftefle ,
Sans affecter un air trop empreffé ,
Trop confiant, & trop embarraffé ,
Elle me fuit , elle eft dans fa retraite ;
Et c'eft ainfi que l'innocence eft faite.
Or çà, jeune homme, avec fincérité ,
De point en point dites la vérité ;
Vous m'êtes cher, & la belle nature
Paroît en vous incorruptible & pure.
Mes vœux ne vont qu'à vous rendre parfait,
N'abufez point de ce penchant fecret.
Si vous m'aimez, fongez bien, je vous prie,
Qu'il s'agit là du bonheur de ma vie.

ADINE.

Oui, je vous aime , oui, oui, je vous promets
Que je ne veux vous abufer jamais.

BLANFORD.

J'en fuis charmé. Mais dites-moi , de grace,
Ce qui s'eft fait, & tout ce qui fe paffe.

ADINE.

D'abord Dorfife....

BLANFORD.

Alte-là , mon mignon.
C'eft fa coufine ; avouez-le moi.

ADINE.

Non.

BLANFORD.

Hé bien , voyons.

ADINE.

Dorfife, à fa toilette,
M'a fait venir par la porte fecrette.

BLANFORD.

Mais ce n'eft pas pour Dorfife ?

ADINE.

Si fait.

BLANFORD.

C'eft de la part de Madame Burlet.

ADINE.

Eh! non, Monfieur, je vous dis que Dorfife
S'étoit, pour moi, de bienveillance éprife.

BLANFORD.

Petit frippon !

ADINE.

L'excès de fes bontés
Etoit tout neuf à mes fens agités ;
Un tel amour n'eft pas fait pour me plaire ;
Je ne fentois qu'une jufte colere ;
Je m'indignois, Monfieur, avec raifon,
Et de fa flamme, & de fa trahifon ;
Et je difois, que fi j'étois comme elle,
Affurément je ferois plus fidelle.

BLANFORD.

Ah, le pendard ! comme on a préparé,
De fes difcours, le poifon trop fucré !
Hé bien, après.

ADINE.

Hé bien, fon éloquence
Déja prenoit un peu de véhémence ;
Soudain, Monfieur, elle jette un grand cri :
On heurte, on entre, & c'étoit fon mari.

BLANFORD.

Son mari? Bon ! quels fots contes j'écoute !
C'étoit ce fou de Chevalier, fans doute.

ADINE.

Oh ! non, c'étoit un véritable époux ;
Car il étoit bien brutal, bien jaloux ;
Il menaçoit d'affaffiner fa femme ;
Il la nommoit fauffe, perfide, infâme.

Il prétendoit me tuer auffi, moi,
Sans que je fçuffe, hélas! trop bien pourquoi.
Il m'a fallu conjurer fa furie,
A deux genoux, de me fauver la vie;
J'en tremble encor de peur.

BLANFORD.

Eh, le poltron!
Et ce mari, voyons, quel eft fon nom?

ADINE.

Oh, je l'ignore.

BLANFORD.

Oh, la bonne impofture!
Çà, peignez-moi, s'il fe peut, fa figure.

ADINE.

Mais il me femble, autant que l'a permis
L'horrible effroi qui troubloit mes efprits,
Que c'eft un homme à fort méchante mine,
Gros, court, baffet, nez camard, large échine,
Le dos en voute, un teint jaune & tanné,
Un fourcil gris, un œil de vrai damné.

BLANFORD.

Le beau portrait! qui puis-je y reconnoître?
Jaune, tanné, gris, gros, court, qui peut-ce être?
En vérité, vous vous moquez de moi.

ADINE.

Eprouvez donc, Monfieur, ma bonne foi.
Je vous apprends que la même perfonne,
Ce foir, chez elle un rendez-vous me donne.

BLANFORD.

Un rendez-vous, chez Madame Burlet?

ADINE.

Eh! non: jamais ne ferez-vous au fait?

BLANFORD.

Quoi! chez Madame?

ADINE.

Oui.

BLANFORD.

Chez elle?

ADINE.

Oui, vous dis-je.

BLANFORD.

LE CHEVALIER.

En tiens-tu ? Là, le dépit te suffoque ;
Jusqu'aux enfans, chacun de toi se moque.
Deviens plus sage ; il faut tout oublier
Dans le vin Grec, où je vais te noyer.
Viens, bel enfant.

SCENE IX.

BLANFORD, ADINE.

BLANFORD.

Demeure encore, Adine,
Tu m'as ému, ta douleur me chagrine.
Je sçais que j'ai souvent un peu d'humeur ;
Mais tu connois tout le fond de mon cœur.
Il est né juste, il n'est que trop sensible.
Tu vois quel est mon embarras horrible.
Aurois-tu bien le plaisir malfaisant
De t'égayer à croître mon tourment ?
Parle-moi vrai, mon fils, je t'en conjure.

ADINE.

Vous êtes bon, mon ame est aussi pure.
Je n'ai jamais connu jusqu'à présent,
Je l'avouerai, qu'un seul déguisement ;
Mais si mon cœur en un point se déguise,
Je ne ments pas sur vous & sur Dorsise ;
Je plains l'amour qui, sur vos yeux distraits,
Mit dès long-tems un bandeau trop épais ;
Et je sens bien que l'amour peut séduire.
Sur tout ceci, tâchez de vous instruire ;
C'est l'amour seul qui doit tout réparer ;
Il vous aveugle, il doit vous éclairer.

(*Elle sort.*)

BLANFORD, seul.

Que veut-il dire, & quel est ce mystere ?
Il faut, dit-il, que l'amour seul m'éclaire ;

Il se déguise ; il ne ment point, ma foi,
C'est un complot pour se moquer de moi.
Le Chevalier, Darmin, & ma cousine,
Et Bartolin, & le petit Adine,
Dorfise enfin, & Collette, & mon cœur,
Le monde entier redoublent mon humeur.
Monde maudit, qu'à bon droit je méprise,
Ramas confus de fourbe & de sottise,
S'il faut opter, si, dans ce tourbillon,
Il faut choisir d'être dupe, ou frippon,
Mon choix est fait, je bénis mon partage ;
Ciel, rends-moi dupe, & rends-moi juste & sage.

Fin du quatriéme Acte.

ACTE. V.

SCENE PRÉMIERE,

BLANFORD *seul.*

QUe devenir ? Où sera mon azyle ?
Tous les chagrins m'arrivent à la file.
Je vais sur mer, un Pirate maudit
Livre combat, & mon vaisseau périt ;
Je viens sur terre, on me dit qu'une ingrate,
Que j'adorois, est cent fois plus Pirate !
Une cassette est mon unique espoir ;
Un Bartolin doit la rendre ce soir ;
Ce Bartolin promet, remet, differe ;
Seroit-ce encor un troisiéme Corsaire ?
J'attends Adine, afin de sçavoir tout ;
Il ne vient point. Chacun me pousse à bout,
Chacun me fuit ; voilà le fruit peut-être
De cette humeur dont je ne fus pas maître,

Qui me rendoit difficile en amis ,
Et confiant pour mes feuls ennemis.
S'il eft ainfi , j'ai bien tort, je l'avoue ;
Bien juftement la fortune me joue.
A quoi me fert ma trifte probité,
Qu'à mieux fentir que j'ai tout mérité ?
Quoi ! cet enfant ne vient point ?

SCENE II.

BLANFORD, Mme. BURLET, *paffant fur le Théatre.*

BLANFORD , *l'arrêtant.*

AH ! Madame ,
Daignez calmer l'orage de mon ame ;
Un mot , de grace, un moment de loifir.
Où courez-vous ?

Mme. BURLET.

Souper , me réjouir ;
Je fuis preffée.

BLANFORD.

Ah ! j'ai dû vous déplaire ;
Mais oubliez votre jufte colere.
Pardonnez.

Mme. BURLET , *en riant.*

Bon ! loin de me courroucer ,
J'ai pardonné déja fans y penfer.

BLANFORD.

Elle eft trop bonne ; hé bien, qu'à ma trifteffe
Votre humeur gaie un moment s'intéreffe.

Mme. BURLET.

Va, j'ai gaiement pour toi de l'amitié,
Beaucoup d'eftime , & beaucoup de pitié.

BLANFORD.

Vous plaindriez le deftin qui m'outrage ?

Mme. BURLET.

Ton deftin, oui ; ton humeur davantage.

BLANFORD.

Vous êtes vraie, au moins; la bonne foi,
Vous le sçavez, a des charmes pour moi.
Parlez, Darmin n'auroit-il qu'un faux zèle ?
Me trompe-t-il ? Eſt-il ami fidèle ?

Mme. BURLET.

Tiens, Darmin t'aime, & Darmin, dans ſon cœur,
A tes vertus avec plus de douceur.

BLANFORD.

Et Bartolin ?

Mme. BURLET.

Tu veux que je réponde
De Bartolin, du cœur de tout le monde ?
Il eſt, je penſe, un honnête Caiſſier,
Pourquoi de lui veux-tu te défier ?
C'eſt ton ami, c'eſt l'ami de Dorfiſe.

BLANFORD.

Dorfiſe ! mais parlez avec franchiſe ;
Se pourroit-il que Dorfiſe en un jour,
Pour un enfant, eût trahi tant d'amour ?
Et que veut dire encor, en cette affaire,
Ce Chevalier qui parle de Notaire ?
Le bruit public eſt qu'il va l'épouſer.

Mme. BURLET.

Les bruits publics doivent ſe mépriſer.

BLANFORD.

Je ſors encor à l'inſtant de chez elle ;
Elle m'a fait ſerment d'être fidelle.
Elle a pleuré.... l'amour & la douleur
Sont dans ſes yeux ; démentent-ils ſon cœur ?
Eſt-elle fauſſe ? Et notre jeune Adine....
Quoi ! vous riez ?

Mme. BURLET.

Oui, je ris de ta mine ;
Raſſure-toi. Va, pour cet enfant-là,
Crois que jamais on ne te quittera,
Sois-en très-ſûr. La choſe eſt impoſſible.

BLANFORD.

Ah ! vous calmez mon ame trop ſenſible ;
Le Chevalier n'en trouble point la paix ;

Dorfife m'aime , & je l'aime à jamais.

Mme. BURLET.

A jamais ! c'eft beaucoup.

BLANFORD.

Mais fi l'on m'aime ,

Adine eft donc d'une impudence extrême ?
Il calomnie , & le petit frippon
A donc le cœur le plus gâté ?

Mme. BURLET.

Lui ? Non.

Il a le cœur charmant , & la nature
A mis dans lui la candeur la plus pure ;
Compte fur lui.

BLANFORD.

Quels difcours font-ce là ?

Vous vous moquez.

Mme. BURLET.

Je dis vrai.

BLANFORD.

Me voilà

Plus enfoncé dans mon incertitude ;
Vous vous jouez de mon inquiétude ;
Vous vous plaifez à déchirer mon cœur.
Dorfife, ou lui, m'outrage avec noirceur ;
Convenez-en. L'un des deux eft un traître ;
Répondez donc.

Mme. BURLET , *en riant.*

Cela pourroit bien être.

BLANFORD.

S'il eft ainfi, vous voyez quels éclats....

Mme. BURLET.

Oh ! mais auffi cela peut n'être pas ;
Je n'accufe perfonne.

BLANFORD.

Hom! que j'enrage !

Mme. BURLET.

N'enrage point , fois moins trifte & plus fage.
Tiens, veux-tu prendre un parti qui foit fûr ?

BLANFORD.

Oui.

Mme. BURLET.

Laisse-là tout ce complot obscur ;
Point d'examen , point de tracasserie ;
Tourne avec moi tout en plaisanterie ;
Prends ton argent chez Monsieur Bartolin ;
Vis avec nous uniment, sans chagrin.
N'approfondis jamais rien dans la vie ,
Et glisse-moi sur la superficie ;
Connois le monde , & sçais le tolérer ,
Pour en jouir, il le faut effleurer.
Tu me traitois de cervelle légere :
Mais souviens-toi que la solide affaire ,
La seule ici qu'on doive approfondir ,
C'est d'être heureux , & d'avoir du plaisir.

SCENE III.

BLANFORD. seul.

Etre heureux ! moi ? Le conseil est utile ;
Diroit-on pas que la chose est facile ?
Ce n'est qu'un rien , & l'on n'a qu'à vouloir.
Ah ! si la chose étoit en mon pouvoir !
Et pourquoi non ? Dans quelle gêne extrême
Je me suis mis pour m'outrager moi-même ?
Quoi ! cet enfant , Darmin , le Chevalier ,
Par leurs discours auront pu m'effrayer ?
Non , non , suivons le conseil que me donne
Cette Cousine ; elle est folle , mais bonne.
Elle a rendu gloire à la vérité.
Dorfise m'aime , on est en sûreté.
Je ne veux plus rien voir , ni rien entendre.
Par cet Adine on vouloit me surprendre ,
Pour m'éblouir , & pour me gouverner.
Dans ces filets je ne veux point donner.
Darmin toujours est coëffé de sa niece.
Que je la hais ! Mais quelle étrange espece....
        (*Adine paroît dans le fond du Théatre.*)
Le voici donc , ce malheureux enfant ,

Qui

Qui cauſe ici tant de déchaînement !
On le prendroit , je crois , pour une fille.
Sous ces habits, que ſa mine eſt gentille !
Jamais, ma foi, je ne m'étois douté
Qu'il pût avoir cette fleur de beauté ;
Il n'a point l'air gêné dans ſa parure ,
Et ſon viſage eſt fait pour ſa coëffure.

SCENE IV.

BLANFORD , ADINE.

ADINE, *en habit de fille.*

HÉ bien , Monſieur, je ſuis tout ajuſté ;
Et vous ſçaurez bientôt la vérité.

BLANFORD.

Je ne veux plus rien ſçavoir de ma vie.
C'en eſt aſſez. Laiſſez-moi , je vous prie.
J'ai depuis peu changé de ſentiment ;
Je n'aime point tout ce déguiſement.
Ne vous mêlez jamais de cette affaire ,
Et reprenez votre habit ordinaire.

ADINE.

Qu'entends-je ? hélas ! je m'apperçois enfin
Que je ne puis changer votre deſtin,
Ni votre cœur ; votre ame inaltérable
Ne connoît point la douleur qui m'accable ;
Vous en ſçaurez les funeſtes effets ;
Je me retire. Adieu donc pour jamais.

BLANFORD.

Mais quels accens ! D'où viennent tes alarmes ?
Il eſt outré. Je vois couler ſes larmes.
Que prétend-il ? Parlez , quel intérêt
Avez-vous donc à ce qui me déplaît ?

ADINE.

Mon intérêt, Monſieur, étoit le vôtre ;
Juſqu'à préſent je n'en connus point d'autre ;
Je vois quel eſt tout l'excès de mon tort ;
Pour vous ſervir , je faiſois un effort ;

L

Mais ce n'eſt pas le premier.

BLANFORD.

            L'innocence
De ſon maintien, ſa modeſté aſſurance,
Son ton, ſa voix, ſon ingénuité,
Me font pencher preſque de ſon côté.
Mais cependant, tu vois, l'heure ſe paſſe,
Où ce projet, plein de fourbe & d'audace,
Devoit, dis-tu, ſous mes yeux s'accomplir.

ADINE

Auſſi j'entends une porte s'ouvrir.
Voici l'endroit, voici le moment même,
Où vous auriez pu ſçavoir qui vous aime.

BLANFORD.

Eſt-il poſſible ? Eſt-il vrai ? juſte Dieu !

ADINE, *finement.*

Il me paroît très-poſſible.

BLANFORD.

          En ce lieu,
Demeurez donc ; quoi, tant de fourberie !
Dorfiſe ! non....

ADINE.

        Taiſez-vous, je vous prie.
Paix, attendez, j'entends un peu de bruit ;
On vient vers nous ; j'ai peur, car il fait nuit.

BLANFORD.

N'ayez point peur.

ADINE.

        Gardez donc le ſilence ;
Voici quelqu'un ſûrement qui s'avance.

SCENE V.

ADINE, BLANFORD, *d'un côté*, DORFISE, *de l'autre, à tâtons.*

(*Le Théatre repréfente une nuit.*)

DORFISE.

J'Entends, je crois, la voix de mon amant.
Qu'il eft exact ! ah ! quel enfant charmant!

ADINE.

Chut.

DORFISE.

Chut, c'eft vous ?

ADINE.

Oui, c'eft moi, dont le zèle,
Pour ce que j'aime, eft à jamais fidele.
C'eft moi qui veux lui prouver en ce jour,
Qu'il me devoit un plus tendre retour.

DORFISE

Ah ! je ne puis en donner un plus tendre ;
Pardonnez-moi, fi je vous fais attendre ;
Mais Bartolin, que je n'attendois pas,
Dans le logis fe promene à grands pas.
Il femble encor que quelque jaloufie,
Malgré mes foins, trouble fa fantaifie.

ADINE.

Peut-être il craint de voir ici Blanford ;
C'eft un rival bien dangereux.

DORFISE.

D'accord.
Hélas ! mon fils, je me vois bien à plaindre.
Tout à la fois il me faut ici craindre
Monfieur Blanford, & mon maudit mari.
Lequel des deux eft de moi plus haï ?
Mon cœur l'ignore, & dans mon trouble extrême,
Je ne fçais rien, finon que je vous aime.

ADINE.

Vous haïssez Blanford , là, tout de bon ?

DORFISE.

La crainte enfin produit l'averfion.

ADINE , *finement.*

Et l'autre époux ?

DORFISE.

A lui rien ne m'engage.

BLANFORD.

Que je voudrois !...

ADINE *bas, allant vers lui.*

Paix donc.

DORFISE.

En femme fage ,

J'ai confulté fur le contrat dreffé ,

Il eft caffable ; ah, qu'il fera caffé !

Qu'un autre hymen flatte mon efpérance !

ADINE.

Quoi ! m'époufer ?

DORFISE.

Je veux qu'avec prudence

Secrettement nous partions tous les deux ,

Pour éviter un éclat fcandaleux ,

Et que bientôt, quand d'ici je m'éloigne ,

Un lien fûr & bien ferré nous joigne ;

Un nœud facré , durable autant que doux.

ADINE.

Durable ! Allons ; mais de quoi vivrons-nous ?

DORFISE.

Vous me charmez par cette prévoyance ;

Ce qui me plaît en vous, c'eft la prudence.

Apprenez donc que ce guerrier Blanford,

Héros en mer , en affaire un butord ,

Quand de Marfeille il quitta les Pénates ,

Pour attaquer de Maroc les Pirates ,

M'a mis en main, très-cordialement,

Son cœur , fa foi , fes bijoux , fon argent;

Comme je fuis non moins neuve en affaire ,

L'autre mari s'en fit dépofitaire.

Je vais reprendre, & les bijoux, & l'or,
Nous en allons aider Monfieur Blanford :
C'eft un bon homme, il eft jufte qu'il vive ;
Partageons vîte, & gardons qu'on nous fuive.

ADINE.

Et que dira le monde ?

DORFISE.

Ah ! fes éclats
M'ont fait trembler lorfque je n'aimois pas.
Je l'ai trop craint, à préfent je le brave ;
C'eft de vous feul que je veux être efclave.

ADINE.

Hélas ! de moi ?

DORFISE.

Je m'en vais fourdement
Chercher ce coffre à tous deux important ;
Attends ici, je revole fur l'heure.

SCENE VI.

BLANFORD, ADINE.

ADINE.

Qu'en dites-vous, hé bien, là ?

BLANFORD.

Que je meure,
S'il fut jamais un tour plus déloyal,
Plus enragé, plus noir, plus infernal ;
Et cependant admirez, jeune Adine,
Comme à jamais dans nos ames domine
Ce vif inftinct, ce cri de la vertu,
Qui parle encor dans un cœur corrompu.

ADINE.

Comment ?

BLANFORD.

Tu vois que la perfide n'ofe
Me voler tout, & me rend quelque chofe.

ADINE, *avec un ton ironique.*

Oui, vous devez bien l'en remercier ;
N'avez-vous pas encore à confier
Quelque caffette à cette honnête prude ?

BLANFORD.

Ah ! prends pitié d'une peine fi rude ;
Ne tourne point le poignard dans mon cœur,

ADINE.

Je ne voulois que le guérir, Monfieur.
Mais à vos yeux eft-elle encor jolie ?

BLANFORD.

Ah ! qu'elle eft laide après fa perfidie !

ADINE.

Si tout ceci peut pour vous profpérer,
De fes filets fi je peux vous tirer ,
Puis-je efpérer qu'en déteftant fes vices ,
Votre vertu chérira mes fervices ?

BLANFORD.

Aimable enfant, foyez fûr que mon cœur
Croit voir fon fils & fon libérateur ;
Je vous admire, & le Ciel qui m'éclaire ,
Semble m'offrir mon Ange tutelaire.
Ah ! de mon bien , la moitié, pour le moins ,
N'eft qu'un vil prix au-deffous de vos foins.

ADINE.

Vous ne pouvez à préfent trop entendre ,
Quel eft le prix auquel je dois prétendre.
Mais votre cœur pourra-t-il refufer
Ce que Darmin viendra vous propofer ?

BLANFORD.

Ce que j'entends femble éclairer mon ame ,
Et la percer avec des traits de flamme.
Ah ! de quel nom dois-je vous appeller ?
Quoi ! votre fort ainfi s'eft pu voiler ?
Quoi ! j'aurois pu toujours vous méconnoître ,
Et vous feriez ce que vous femblez être ?

ADINE, *en riant.*

Qui que je fois, de grace, taifez-vous ;
J'entends Dorfife, elle revient à nous.

SCENE VII.

DORFISE, BLANFORD, ADINE.

DORFISE, *en revenant avec la caffette.*

J'Ai la caffette, enfin ; l'amour propice
A fecondé mon petit artifice.
Viens, mon enfant, prends vîte, & détalons.
Tiens-tu bien ?

   BLANFORD, *à la place d'Adine, qui lui donne*
la caffette.

         Oui.
               DORFISE.
               Le tems nous preffe, allons.

SCENE VIII.

BLANFORD, DORFISE, ADINE, BARTOLIN,
l'épée à la main, dans l'obfcurité, courant à Adine.

BARTOLIN.

A H! c'en eft trop, arrête, arrête, infâme,
C'eft bien affez de m'enlever ma femme ;
Mais pour l'argent !
            ADINE, *à Blanford.*
               Eh! Monfieur, je me meurs.
BLANFORD, *en fe battant d'une main, & en remettant*
la caffette à Adine de l'autre.
Tiens la caffette.

SCENE DERNIERE.

BLANFORD, DORFISE, ADINE, BARTOLIN,
DARMIN, Mme. BURLET, COLLETTE,
LE CHEVALIER MONDOR, *une serviette & une
bouteille à la main, des flambeaux.*

Mme. BURLET.

AH, ah! quelles clameurs !
Dieu me pardonne, on se bat.

LE CHEVALIER.

Gare, gare ;
Voyons un peu, d'où vient ce tintamarre ?

ADINE, *à Blanford.*

Hélas ! Monsieur, seriez-vous point blessé ?

DORFISE, *toute étonnée.*

Ah !

Mme. BURLET.

Qu'est-ce donc, qu'est-ce qui s'est passé ?

BLANFORD, *à Bartolin qu'il a désarmé.*

Rien : c'est Monsieur, homme à vertu parfaite,
Bon trésorier, grand gardeur de cassette,
Qui me prenoit, sans me manquer en rien,
Tout doucement ma maîtresse & mon bien.
Grace aux vertus de cet enfant aimable,
J'ai découvert ce complot détestable ;
Il a remis ma cassette en mes mains.

　　(*à Bartolin.*)

Va, je te laisse à tes mauvais destins ;
Pour dire plus, je te laisse à Madame.
Mes chers amis, j'ai démasqué leur ame.
Et ce coquin....

BARTOLIN, *s'en allant.*

Adieu.

LE CHEVALIER.

Mon rendez-vous,
Que devient-il ?

BLANFORD

BLANFORD.

On se moquoit de vous.

LE CHEVALIER, à *Blanford*.

ous aussi, m'est avis ?

BLANFORD.

De moi-même.

J'en suis encor dans un dépit extrême.

LE CHEVALIER.

On te trompoit comme un sot.

BLANFORD.

Que d'horreur !

Ô pruderie ! ô comble de noirceur !

LE CHEVALIER.

Eh ! laisse-là toute la pruderie,
Et femme, & tout ; viens boire, je te prie ;
Je traite ainsi tous les malheurs que j'ai.
Qui boit toujours n'est jamais affligé.

Mme. BURLET.

Je suis fâché, entre nous, que Dorsise
Ait pu commettre une telle sottise.
Cela pourra d'abord faire jaser ;
Mais tout s'appaise, & tout doit s'appaiser.

DARMIN.

Sortez enfin de votre inquiétude,
Et pour jamais gardez-vous d'une prude.
Sçavez-vous bien, mon ami, quel enfant
Vous a rendu votre honneur, votre argent,
Vous a tiré du fond du précipice,
Où vous plongeoit votre aveugle caprice ?

BLANFORD, *regardant Adine.*

Mais....

DARMIN.

C'est ma niece.

BLANFORD.

O Ciel !

DARMIN.

C'est cet objet,

Qu'en vain mon zèle à vos vœux proposoit,
Quand mon ami, trompé par l'infidelle,
Méprisoit tout, haïssoit tout pour elle.

M

BLANFORD.

Quoi ! j'outrageois, par d'indignes refus,
Tant de beautés, de graces, de vertus !

ADINE.

Vous n'en auriez jamais eu connoiffance,
Si ce hazard, mes bontés, ma conftance,
N'avoient levé les voiles odieux,
Dont une ingrate avoit couvert vos yeux.

DARMIN.

Vous devez tout à fon amour extrême,
Votre fortune, & votre raifon même.
Répondez donc, que doit-elle efpérer ?
Que voulez-vous, en un mot ?

BLANFORD, *en fe jettant à fes genoux*
                              L'adorer.

LE CHEVALIER.

Ce changement eft doux autant qu'étrange.
Allons, l'enfant, nous gagnons tous au change

F I N.

www.ingramcontent.com/pod-product-compliance
Lightning Source LLC
Chambersburg PA
CBHW071123260626

47162CB00006B/2433